Il Fedone

Ovvero Della immortalità dell'anima

Platone

Texte et illustration de couverture : © domaine public
Edition : Culturea (Hérault, 34)
Contact : infos@culturea.fr
Retrouvez notre catalogue sur http://culturea.fr
Imprimé en Allemagne par Books on Demand
Design typographique : Derek Murphy
Layout : Reedsy (https://reedsy.com/)

Dépôt légal : janvier 2023
Tous droits réservés pour tous pays

ISBN : 9791041842650

I.

ECHECRATE Ci eri proprio tu, o Fedone, quel giorno nel quale Socrate bevve il veleno nella carcere, o te l'han contato?

FEDONE Ci era proprio io, Echecrate.

ECHECRATE E che è ciò ch'egli disse avanti di morire? e come è morto? io avrei voglia di saperlo. Ora cittadini di Fliunte non ce ne va piú nessuno ad Atene; e forastieri è tanto che non ce n'è capitati di là, i quali ci recassero chiare novelle: salvo ch'egli morí bevendo veleno; e null'altro.

FEDONE E non v'han neppure contato come fu fatto il giudizio?

ECHECRATE Questo sí, ce l'ha contato un tale; e ci siamo maravigliati che passasse tanto tempo dopo la condanna, innanzi ch'egli fosse fatto morire. Come fu, Fedone?

FEDONE Per un caso, Echecrate; perché, giusto il dí innanzi, avvenne che fosse coronata la poppa della nave che gli Ateniesi mandano a Delo.

ECHECRATE Che è questa nave?

FEDONE Quella su la quale Teseo una volta, come narrano gli Ateniesi, partí verso Creta, conducendo i sette giovani e le sette fanciulle, e scampato sé e quelli da morte, tornossene a casa. Ora aveano gli Ateniesi fatto voto ad Apollo, se mai coloro fossero tornati salvi, di mandare ogni anno a Delo una ambasceria sacra; e cosí han fatto sempre infino d'allora tutti gli anni, e cosí seguitano a fare. E tosto che incomincia la festa, hanno per legge di serbare pura la città, e di non mettere niuno a morte per giudizio di popolo, infino a che dura: cioè, infino a che la nave non sia arrivata a Delo, e tornata qua di nuovo: e alcuna volta passa gran tempo, quando spirano venti contrarii. La festa incomincia immantinente che il sacerdote di Apollo ha incoronata la poppa della nave, e ciò, come io dico, avvenne il dí avanti alla sentenza: per questa ragione Socrate ebbe a stare cosí lungo tempo nella carcere; il tempo che passò dal giudizio alla morte.

ECHECRATE E che mi conti della morte, o Fedone? che disse, e che fece egli? e quali de' suoi amici in quell'ora si vide accanto? ovvero i magistrati non lasciarono che ci fosse alcuno, e morí solo, non avendo alcuno amico?

FEDONE No; amici ne avea, e di molti.

ECHECRATE Va', raccontami ordinatamente ogni cosa, se tu hai tempo.

FEDONE Tempo ne ho, e te lo racconto; perché il ricordarmi di Socrate, o parlandone io o sentendone parlare altri, mi è la piú dolce cosa del mondo.

ECHECRATE Il medesimo è di noi, che ti stiamo a udire; e però di' ogni cosa piú diligentemente che tu puoi.

FEDONE Sai! a stare lí provava io dentro me cosa maravigliosa; ché non sentiva compassione come uno che vede morire l'amico suo; perché, al parlare e alla faccia, mi parea beato; e morí con sí forte animo e sí generosamente, ch'ei mi somigliava a un che andando nell'Ade ci va non senza volere divino, ed è, come niuno altro mai, securo, là giungendo, di passarsela bene. Per questo non sentiva niente compassione, come io doveva, vedendo co' miei occhi cosí miserabile caso; e neanche sentiva piacere, avvegnaché al solito si ragionasse di filosofia; ché tali erano i discorsi che si facevano; ma sí dentro me provava una passione nuova, una mischianza di piacere e dolore, io che pensava che fra poco colui doveva morire: e tutti quelli ivi presenti quasi eravamo con l'animo tutti a un modo: sí che a volte si rideva e a volte piangevasi; specialmente uno di noi, Apollodoro: tu lo conosci; sai che uomo è.

ECHECRATE Come no?

FEDONE Egli faceva cosí, proprio; similmente io era turbato e gli altri.

ECHECRATE Chi c'era, Fedone?

FEDONE Dei paesani, quest'Apollodoro qui, e Critobulo, e il padre suo, Critone; e anche Ermogene, ed Epigene, ed Eschine, e Antistene; e ci era Crisippo il Peaniese, e Menesseno, e alcun altro: Platone credo fosse infermo.

ECHECRATE Ce ne avea forastieri?

FEDONE Sí: Simmia il tebano, e Cebete, e Fedonde; e, di Megara, Euclide e Terpsione.

ECHECRATE E Aristippo e Cleombroto ci erano?

FEDONE No; dicevasi ch'ei fossero in Egina.

ECHECRATE E chi piú c'era?

FEDONE Questi soli, credo io.

ECHECRATE E quali furono questi ragionamenti che di' tu?

III.

FEDONE Farò di raccontarti ogni cosa da principio.

Sempre, anco i dí passati, io e gli altri eravamo soliti di visitare Socrate; e raccoglievamoci, schierando il giorno, nel tribunale dove fu giudicato, ch'era presso alla carcere: e si stava lí ogni volta insino a tanto che non fosse aperta, ragionando fra noi; perché s'apriva un po' tardi. Com'era aperta, noi entravamo dentro, dov'era Socrate; passando con lui per lo piú tutta la giornata. Ma quella volta ci raccogliemmo molto di mattino, perché il dí avanti, uscendo dalla carcere che s'era già fatto sera, sentimmo dire che la nave era arrivata da Delo; e però di accordo pensammo andare la mattina all'usato luogo, quanto piú si potesse di buona ora: andammo. Venuto fuori il portinaio, il quale ci soleva aprire, disse d'aspettare, e di non entrare se non quando ce lo dicesse egli; aggiungendo: - Gli Undici oggi sciolgono Socrate, e gli comandano che in questo giorno egli muoia -. Stando un poco, tornò; e ci disse di entrare. Entrati, trovammo Socrate sciolto pure allora, e la Santippe (la conosci), la quale, avendo il piccolo figliuoletto di lui, sedevagli allato. Come ci ebbe veduti, la Santippe si mise a gridare forte; e disse di quelle tali cose che sono solite dire le donne: - Oh Socrate! oggi è l'ultima volta che i tuoi amici parlano con te, e tu con loro.

E Socrate, guardando Critone, disse: - Critone, alcuno la meni a casa.

E lei, gridando e percotendosi, alcuni fanti di Critone menarono a casa.

Egli si pose a sedere sopra il letto, e tratto a sé la gamba, grattolla un poco con la mano; e, grattando, cosí disse: - Che strana cosa ch'ella è questa che gli omini chiamano piacere, e come di sua natura comportasi maravigliosamente verso quello che pare il contrario suo, il dolore! imperocché nell'uomo egli non vuole stare insieme con lui; ma se alcuno poi, cercando un dei due, lo piglia, è quasi necessitato a pigliare anche l'altro; sicché a vedere, sono due con un capo solo. Credo che se ci avesse pensato Esopo, ne avrebbe fatto una favola: cioè, che volendo rabbonacciare Iddio questi due che si fanno guerra, poiché non poteva, legò insieme i loro capi: e però dove uno va, vien dopo anche l'altro. È il caso mio: io aveva dolore qui alla gamba, per la catena; ecco, io ci sento ora piacere.

IV.

Cebete prese a parlare, e disse: - È bene che tu me lo abbi ricordato, o Socrate; perché delle poesie le quali hai fatto, recando in versi le favole di Esopo e il proemio ad Apollo, m'avea già domandato alcuno (giusto stamattina, Eveno) con quale intendimento ti ci fossi messo dacché sei venuto qua, non avendone tu mai fatto in vita tua. Se ti piace ch'io abbia che rispondere a Eveno, quando egli mi domanderà di nuovo; e sono certo che mi domanderà; di', che gli ho a dire?

Ed egli: - La verità, Cebete: che io le ho fatte, non per la voglia di gareggiare con lui e le sue poesie (capiva già che non era facile), ma sí per vedere che volessero mai dire certi sogni, e mettere la mia anima in riposo e in pace: cioè, se intendimento loro fosse ch'io dovessi proprio far poesia, avendomi comandato molte volte di fare musica.

E avendo molto spesso avuto in vita mia il medesimo sogno, ora in una forma ora in un'altra; il sogno, ripetendo a me sempre la medesima cosa, diceva: «Socrate, fa' musica». E io per lo passato immaginavami che il sogno m'incorasse e comandasse a fare quello che io già faceva. Come coloro che confortano a correre quei che già corrono, confortando me il sogno a fare musica, figuravami ch'e' mi volesse dire di seguitare a fare filosofia, essendo la filosofia la piú grande musica che sia nel mondo. Ma ora, poiché il giudizio è compiuto, e la festa del Dio ha indugiato la mia morte, ragionando nel cuore mio, cosí dissi: «Se mai intende il sogno ch'io abbia a fare di questa musica popolare, egli è bene che non gli disobbedisca, e che io la faccia; perché m'è piú sicuro non andarmene via innanzi che io m'acquieti la coscienza facendo poesie e obbedendo al sogno». E cosí feci io prima una poesia all'Iddio del quale è la festa; fatta ch'io ebbi quella all'Iddio, pensando che a un poeta, se vuol esser poeta, conviene che faccia favole, non già discorsi; e da altra parte pensando che io non era un favoleggiatore; perciò mi posi a recare in versi favole che io aveva alla mano e sapeva a mente: di quelle d'Esopo, cosí com'elle venivano.

V.

Questo, o Cebete, di' ad Eveno; e di' che stia sano, e che, se egli è savio, mi segua. Io vado via oggi, siccome pare; cosí vogliono gli Ateniesi.

E Simmia: - Perché, Socrate, dài questi conforti ad Eveno?

M'è accaduto d'esser con lui molte volte, e a quel che io intendo, non ci è caso ch'ei ti voglia ubbidire.

- Come! - diss'egli, - non è filosofo Eveno?

- Mi par di sí, - rispose l'altro.

- Dunque vorrà Eveno, egli e qualunque degnamente si prende cura della filosofia: non vorrà però egli fare violenza a sé medesimo, perché ciò dicono che non è lecito.

E in cosí dire mise giú le gambe dal letto, e le posò in terra; e seguitò poi suo ragionamento sino alla fine, cosí sedendo.

E Cebete dimandò a lui: - Come di' tu, Socrate, che non è lecito fare a sé medesimo violenza, e che nientedimeno un filosofo avrebbe desiderio di andare dietro a colui che muore?

- Come, Cebete? di questa cosa non avete sentito parlare tu e Simmia, che siete stati con Filolao?

- Sí, ma non chiaro.

- Ma anch'io ne parlo per udita; e ciò che m'è toccato udire, niuna invidia mi tiene a farlo manifesto a voi; tanto piú ch'egli è naturale che un che deve peregrinare alla volta dell'altro mondo, stia a pensare e a favoleggiare di questa peregrinazione, secondo che se la immagina; se no, che altro si farebbe in tutto questo tempo, fino alla calata del sole?

VI.

- E perché, Socrate, dicono che non è lecito uccidere sé medesimo? Già, come domandavi tu ora, che non convenga ciò fare, l'ho sentito da Filolao, quando egli era presso di noi, e anche da alcun altro; ma una ragione chiara non l'ho sentita proprio da nessuno, mai.

- Ora forse la sentirai, confortati. A te farà maraviglia che sopra tutte le sentenze sola quella che ho mentovata sia assoluta in modo, che mai non vien meno; e piú ti farà maraviglia che se a volte ad alcuni è meglio morire che vivere, anco a costoro, ai quali meglio è la morte, non sia santa cosa farsi questo benefizio da sé medesimi, e lo debbano aspettare da un altro.

E Cebete, sorridendo dolcemente, disse in sua parlata: - Ci capisca Giove!

E Socrate: - Al certo, detta cosí, la cosa non par ragionevole; ma forse è una ragione. Quello che detto è a questo proposito nei Misteri, che noi uomini stiamo dentro a una carcere, e che non ci è lecito di liberarcene e fuggire, una gran sentenza mi pare, e un po' buia; ma questo poi, o Cebete, mi par detto bene e chiaro, che gli Iddii sono quelli che curano di noi, e che noi siamo cosa loro: o non pare a te?

- A me sí, - rispose Cebete.

Ed egli: - Ora anche tu, se mai alcuno, il quale fosse cosa tua, si uccidesse, non avendogli tu significato di voler la sua morte, non monteresti in collera contro lui, e potendo, non ne faresti vendetta?

- Sí, - rispose.

Socrate: - E però simigliantemente è ragionevole che alcuno non possa sé uccidere, innanzi che Iddio non lo metta nella necessità, come ha ora fatto con noi.

VII.

- Può essere, - disse Cebete; - ma quello che dicevi ora, che i filosofi desiderano la morte, a me non par giusto, se mai giusto è quello che fu detto innanzi, cioè che di noi ha cura Iddio, e siamo cosa sua: imperocché uomini che passano per i piú savi, i filosofi, sarebbero sciocchi a non si crucciare di non avere a essere piú servitori de' piú buoni signori che siano al mondo, degl'Iddii. E poi una volta liberi, potrebbero forse avere di sé maggior cura? Un pazzo sí, crederebbe un bel fatto piantar lí il padrone;

non considerando che non si dee ciò fare se quello è buono, che anzi convien rimanere quanto si può con lui; e fuggirebbe da pazzo ch'egli è. Ma un che è savio, desidera di star sempre presso chi è migliore di lui.

Bene, ma ragionando cosí appare tutto il rovescio, o Socrate, di quel che dicevasi testè; appare che i savii conviene che si dolgano della morte, e gli stolti che se ne rallegrino.

Socrate, ciò udendo, mi parve che di quella foga di Cebete si consolasse, e, volgendo verso noi gli occhi, disse: - Cebete delle ragioni nuove ne sa trovare, e il capo non lo inchina subito a tutto ciò che dicono gli altri.

E Simmia: - Ma questa volta, Socrate, pare anche a me che Cebete dica alcuna cosa; perché persone davvero savie con quale intendimento fuggirebbero volentieri da padroni migliori di loro? e mi pare che parlando, Cebete abbia avuto l'occhio a te, che sopporti sí leggermente di abbandonare noi, e signori, come dici anche tu, buoni, gli Iddii!

E Socrate: - Voi parlate giusto, e credo mi vogliate dire che ora io mi ho a difendere come in tribunale.

- Sí, proprio, - disse Cebete.

VIII.

E Socrate: - Su via, cercherò difendermi dinanzi a voi piú efficacemente che non abbia fatto dinanzi ai giudici. Se io non credessi veramente di andare presso altri sapienti Iddii e buoni, e anche presso a uomini morti, migliori di quelli vivi, avrei torto io, o Simmia e Cebete, se non mi attristassi della morte. Ma sappiate pure che io spero di andare presso a uomini dabbene: vero è che non sosterrei ciò fermamente; ma che io abbia ad andare presso agli Iddii, signori bonissimi, credete per certo che se vi ha alcuna di simiglianti cose, la quale io sosterrei, è questa. Ecco perché io non mi attristo, anzi sono consolato dalla speranza che di là sarà alcuna cosa per i morti, e, come si dice ab antico, alcuna cosa di meglio per i buoni, che per i malvagi.

- Che? - disse Simmia, - tu hai in mente, Socrate, di andare via serbando per te solo questa speranza? ovvero, essendo ella bene comune, vorrai mettere anche noi a parte? se ci persuaderai di ciò che tu di', ti sarai bello e difeso.

Rispose: - Mi proverò; ma badiamo prima qua a Critone: che è quel che pare egli mi voglia dire da un pezzo?

E Critone: - Che altro, o Socrate, se non ciò che mi dice da un pezzo costui che ti ha a dare il veleno, cioè che bisogna che io ti avvisi di parlare pochissimo; perché, dice egli, quelli che parlano, si riscaldano di troppo, e ciò non è bene avendo a bere il veleno; se no, ci è caso di averlo a bere due e anco tre volte.

E Socrate: - Lascialo andare; digli che badi a sé, che s'apparecchi a darmelo due volte, se bisogna; e anco tre.

E Critone: - Me l'era immaginato; ma è un pezzo che egli mi annoia.

- E lascialo.

Poi ricominciò: - Ora vo' dichiararvi perché io credo che un che veramente ha passato tutto il tempo di sua vita nella filosofia, abbia ragione di stare consolato quando egli è in sul morire, e ad avere buona speranza che, morto, riceverà di là grandissimi beni. E come può essere? o Simmia e Cebete, io cercherò di farvelo chiaro.

IX.

Tutti quelli sposati alla filosofia per diritto modo, a vedere, tengono celato il loro intendimento, che non è altro, se non morire e essere morti. E se egli è cosí, sarebbe strano assai che alcuno in tutti quanti i dí della vita sua non curasse di altro, che della morte, e poi, arrivata ch'ella è, si lamentasse di quello che da tanto desiderava e aspettava.

Ripigliò Simmia, ridendo, e disse: - Per Giove mi hai fatto ridere, e non ne aveva proprio voglia: perché io penso che la gente, udendo tale sentenza, la crederebbe molto accomodata ai filosofi; e specialmente quegli omoni dei nostri paesani consentirebbero a te pienamente che i filosofi hanno voglia di morire, e ti direbbero, ch'e' l'avean già capito che quelli sono degni di morte.

- Direbbero vero, o Simmia; ma che l'avesser capito, no; perché non intendono in qual maniera abbiano voglia di morire i veri filosofi, e in qual maniera siano degni di morte, e di qual morte. Ragioniamo adunque tra noi, e quelli lasciamo andare.

- Via, crediamo noi che la morte sia qualche cosa?

- Certo, - ripigliò Simmia.

- E che altro ella è, se non discioglimento dell'anima dal corpo? ed essere morto non è stare il corpo da sé solo in disparte, sciolto dall'anima, e stare anco l'anima in disparte da sé sola, disciolta dal corpo? che altro è la morte, se non questo?

- Questo è, - disse.

- Guarda ora, buon uomo, se pare anche a te quello che a me; cosí, penso, ci si chiarirà meglio ciò che noi cerchiamo. Ti par da filosofo aver la mente ai piaceri, detti cosí, come a cibi e a bevande?

- No, Socrate.

- E ai dilettamenti di Venere?

- Per nulla.

- E pare a te che degli altri blandimenti e vezzi del corpo ne tenga conto un uomo cosí fatto? e i bei mantelli, per esempio, i belli calzari e simili ornamenti, ti par che li abbia egli in pregio? o in dispregio, se non quanto fosse di necessità?.

- In dispregio, mi pare, un che è filosofo davvero.

- Se egli dunque si affanna, è per il corpo? o anzi quanto egli può, si ritrae da quello e rivolgesi all'anima?

- Mi par bene cosí.

- E in ciò non è chiaro che il filosofo scioglie a suo potere l'anima dal corpo, adoperando diversamente che gli altri?

La gente poi, o Simmia, crede che a colui che di tali cose non prende godimento e diletto, la vita non sia di niuno valore; e che colui sia quasi morto, il quale non cura i piaceri dei quali il corpo è istrumento.

- Dici verissimo.

X.

- E quanto a procacciar conoscenza che ne di' tu? non è d'impedimento il corpo, se, cercandola, prendiamo lui a compagno? voglio dire: la vista e l'udito dicono mai vero agli uomini? O ce lo ricantano sino i poeti che noi nulla di chiaro vediamo cogli occhi né udiamo cogli orecchi? e se questi sensi corporali non sono fidi e sinceri, mal potrebbero essere gli altri, che a comparazione di quelli sono molto piú sciocchi: non ti par cosí?

- Cosí, - disse.

- Adunque, quando l'anima coglie il vero? Al certo, ponendosi ella a considerare alcuna cosa avendo compagno il corpo, esso manifestamente la trae in inganno.

- Dici vero.

- E se mai ci è cosa, non è il ragionamento quello che rispecchia un poco gli enti?

- Sí.

- E allora l'anima ragiona perfettamente, quando per nulla non l'annebbiano la vista e l'udito, né il piacere e il dolore; ma sola rimanendo, accommiatato il corpo, sdegnosa di aver che fare con lui e toccarlo, con tutto il suo potere a quello che è s'indirizza.

- Giusto.

- E per tal ragione l'anima del filosofo non ha in fastidio il corpo? e non fugge via da esso, e di rimanere sola è bramosa?

- È chiaro.

- E che s'ha a dire, o Simmia, a quest'altro proposito? S'ha a dire, che il giusto è qualche cosa per sé medesimo?

- Sí, s'ha a dire, per Giove.

- E similmente il bello e il buono?

- Come no?

- E li hai mai tu veduti con gli occhi?

- No, - rispose.

- E forse li hai tu sentiti con altro senso corporale? non dico solo gli enti mentovati, ma anco la grandezza, la sanità, la forza, e, per dire brevemente, tutte le altre cose nella loro essenza, ossia nel loro sincero essere? forse che per via del corpo si discerne ciò che ha di puro vero nelle cose? Ovvero è cosí, che solo colui che s'apparecchia a ben ragionare su gli enti ai quali ha rivolto la mente sua, colui solo è piú prossimo ad averne conoscimento? e non farebbe colui questo apparecchiamento con grande purità, il quale quanto può si profondasse in ciascun ente con la ragione medesima, non interponendo la vista né alcun altro senso corporale? colui, il quale si mettesse a cercare ciascun ente schietto giovandosi del discorso schietto della mente e stando in compagnia con l'anima, sciolto dagli occhi e dagli orecchi e da tutto il corpo, facendo egli turbamento quando ci si mischia, e non lasciando acquistare verità e sapienza?

E Simmia: - Benissimo, Socrate; tu di' proprio vero.

XI.

- E però i filosofi di necessità devono pensare in modo, che hanno a dir cosí parlandosi insieme: «Ci mena quasi una via diritta e chiara nella considerazione, che in sino a tanto che si ha il corpo, e la sua pestilenza ci si avventa all'anima, mai non perverremo noi a quello che desideriamo: ch'è il vero; imperocché il corpo a cagione del suo campamento ci fa molestie innumerabili, e le infermità sopravvenienti c'impediscono di cercare quello che è. Oltre a ciò con tanta iniquità ci riempie di amori, desiderii, paure, e visioni fallaci e sciocchezze d'ogni maniera, che proprio non ci lascia mai intendere a cosa niuna. Ché le ribellioni, le guerre e battaglie non le fa che esso con le sue voglie; imperocché dalla bramosia di arricchire scoppian le guerre; e le ricchezze si bramano per il corpo, per lisciar lui. Per questo egli è d'impaccio alla filosofia, e, che è peggio, poniamo che ci dia riposo un poco, e noi ad alcuna considerazione dirizziamo l'intelletto, repentemente ecco ch'egli ci si caccia nel mezzo, sí scompigliando, fracassando, percotendo, che, colpa sua, non ci vien fatto di contemplare la verità. E però egli è assai manifesto, che, volendo veder con chiarezza, è mestieri disvilupparci da lui e guardare i puri enti con la pura anima; e può essere, secondoché mostra il ragionamento, che allora conseguiremo quello di che siamo desiosi e amorosi, cioè la intelligenza, quando saremo morti; vivi no, imperocché se con il corpo non si può conoscere nulla sinceramente, una delle due: o non ci sarà lasciato mai procacciare conoscenza, o dopo morti, quando starà l'anima da sé sola, senza il corpo; prima no. E intanto che si vive, noi ci approssimeremo alla scienza, come pare, se a nostro potere non converseremo punto con il corpo, e non volendo aver che fare con lui se già non fosse necessità, non ci sozzeremo della sua natura materiale, sibbene ce ne terremo mondi, infino a che non ce ne avrà sviluppati Iddio. Liberati così della stoltizia del corpo, puri ci staremo, com'è verisimile, in compagnia con puri, e quello che è puro, cioè forse la verità, conosceremo da noi medesimi; imperocché non è lecita cosa, che chi è impuro tocchi ciò che è puro». Simmia, così penso che abbiano a dire insieme i veri filosofi: non ti pare?

- Altro!

XII.

E Socrate disse: - O amico, se così è il vero, grande speranza ha colui che perviene dov'io sono per avviarmi, di conseguir là pienamente, se mai si può in alcuno luogo, ciò che tutto il tempo della vita sua l'ebbe affannato. Ond'io in questo viaggio che mi è comandato, mi metto con fidanza; e, come me, così qualunque reputi avere a quello disposto la mente sua, avendola già fatta pura.

Rispose Simmia: - Hai ragione.

- E la purificazione, secondo che detto è da un pezzo, non è in separare e rimovere l'anima quanto si può dal corpo, e assuefarla a raccogliersi in sé medesima, e rimanere sola, sciolta dai vincoli di esso, per il tempo presente e futuro?

- Vero, - disse.

- Ora non è morte scioglimento e spartimento dell'anima dal corpo?

- Sí, - rispose.

- E a scioglierla molto adoperano a ogni ora, come detto è innanzi, quei soli che filosofeggiano dirittamente: e singolare studio dei filosofi è questo, lo scioglimento e spartimento dell'anima dal corpo: o no?

- Così pare.

- Adunque, com'io diceva nel principio, non sarebbe ridevole, se apparecchiandosi un uomo in tutto il tempo di sua vita a vivere così, da appressarsi quanto può alla morte; poi, venendo quella a lui, se ne rammaricasse? non sarebbe ridevole, di'?

- Come no?

- È dunque vero, o Simmia, che quelli i quali filosofeggiano dirittamente, intendono a morire, e la morte è meno paurosa a loro, che a qualunque altro uomo al mondo. Giudica ora tu: se eglino sono in ogni maniera nimici al corpo, desiderando avere sola l'anima; se poi, avutala, a essere compresi da paura e a fare lamento, non sarebbe stoltizia? stoltizia, se non andassero molto volentieri là, dove giungendo hanno speranza di avere quello che amarono in vita loro, la scienza, e di essere liberati dalla compagnia di quello al quale, si furon fatti nimici? O laddove molti amando umane persone, come un giovinetto, la moglie, il figliuolo, morti quelli, discesero volenterosi in inferno, tratti dalla speranza di rivedere ivi quelli de' quali erano vaghi, e stare con loro; uno poi che davvero ami la scienza e abbia fede di non poterla mai dove che sia procacciare degnamente, se non in inferno, in sul morire egli farà il doloroso, e non vi anderà tutto allegro? s'ha a credere che sí, o amico, se egli è vero filosofo; imperocché si avviserà bene che in niuno luogo mai, come ivi, s'abbatterà a vedere la verità chiaramente. E se egli è cosi, come diceva io or ora, non sarebbe grande stoltizia se avesse tale uomo paura della morte?

- Grande, per Giove.

XIII.

- Dunque se tu vedi alcuno corrucciarsi, quando è in su la morte, ciò non ti è prova sufficiente, ch'egli non amava la sapienza, ma sí bene il corpo? E per solito, un uomo così fatto è cupido di danari e di onori: di una delle due cose, o di tutt'e due.

- Certamente egli è come tu di'.

E Socrate: - E la fortezza, detta cosí, non conviene, o Simmia, a quelli specialmente, i quali amano la sapienza?

- Certo.

- E simigliantemente la temperanza, quella che cosí addimandano i piú, la quale è in non ismemorare, l'ardore de' desiderii infiammandoci, ma sí in tener quelli in dispregio; vivendo modesti, non conviene solo a quelli che hanno a vile il corpo, e menano filosofando la vita loro?

- Di necessità, - rispose.

- In vero, - riprese egli, - se ti fai tu un'idea della fortezza e temperanza degli altri, elle ti parranno molto strane.

- Come, Socrate?

- Tu sai, - diss'egli, - che tutta la gente crede sia un grandissimo male la morte?

- E che male!

- Adunque egli è per paura di peggio che cotesti animosi sopportan la morte, se pur la sopportano?

- Vero.

- Adunque gli animosi proprio sono animosi dalla paura; eccetto i filosofi: benché è strano che alcuno sia animoso per paura e viltà d'animo.

- Certo.

- E che i temperati volgari? son cosí, per alcuna intemperanza? Par fino impossibile, ma il caso loro è il medesimo, con questa temperanza sciocca; perocché temendo di rimaner privi di certi piaceri, dei quali sono pure vogliosi, si rimovono dagli altri. E sebbene sprezzano e chiamano intemperato uomo colui che è menato da' piaceri, cosí è anche di loro; imperocché, su alcuni piaceri signoreggiando, da altri piaceri si lascian signoreggiare. È su per giú quel che si diceva poco avanti, ch'eglino si son fatti temperati quasi per intemperanza.

- Pare proprio cosí, - rispose.

- Ma poni mente, o beato uomo, se egli sia giusto baratto quello di barattar piaceri a piaceri, dolori a dolori, e paure a paure, i piú grossi a' piú piccoli, cosí come se elle fosser monete; o se non piuttosto sia moneta schietta la sola scienza, con la quale si ha a vendere e si ha a comperare fortezza e temperanza e giustizia, in somma, la virtú, ci sia o no la giunta di piaceri e paure e altre cotali affezioni; e se a barattare una all'altra le dette cose scompagnate dalla scienza, non sia ombra vana di virtú, virtú servile per nulla sana né schietta; e se la virtú vera non sia propriamente che purificazione d'ogni passione, e la temperanza e giustizia e fortezza e la scienza medesima non sian che purificazione. Certo è, a mio avviso, che non furon gente sciocca gl'istitutori di Misteri, avendoci sino da antico tempo, significato in ombra, che colui, il quale non mondo e non iniziato arriva in inferno, starassi nel loto; colui, al contrario, che è purificato e iniziato, là pervenendo, abiterà con gl'Iddii. Imperocché si dice da quelli che sono sopra le iniziazioni, che portatori di ferule ce ne ha di molti, Bacchi pochi: i quali, secondoché io penso, non sono se non quelli che su nel mondo filosofarono dirittamente. Fra i quali per essere io annumerato, niuna cosa non lasciai in vita mia che per me si potesse, anzi posi ogni sollecitudine e cura; e se abbia adoperato bene e fatto alcun frutto, là arrivando, se piace a Dio lo saprò chiaro: tra poco, io credo.

E poi disse: - Queste ragioni io arreco a difensione mia, o Simmia e Cebete, per provare che lasciando voi e i Signori di qua, non ho di che corrucciarmi e fare lamento; imperocché ho fidanza, di avere similmente là a trovare Signori buoni, e amici: la gente non ci crede! Se fossi con la mia apologia riuscito un po' piú efficace con voi, che non coi giudici Ateniesi, sarebbe bene.

XIV.

Socrate fatto fine al parlare, Cebete ripigliò, e cosí disse: - Socrate, hai dette delle cose giuste; ma sul fatto dell'anima la gente è in gran dubitazione, ch'ella, partita che è dal corpo, non sia piú in luogo alcuno, ma che, il giorno medesimo che muore l'uomo, si dissolva; via volando, dissipandosi, e, come vento o fumo, svanendo. Che se ella, liberata di tutti quei mali che hai mentovati, si raccogliesse in sé medesima, o Socrate, ci sarebbe da fare allegrezza e festa, per la speranza che fosse vero ciò che tu di'. Ma si richiede forse confermazione e prova non piccola, per porre che, morto l'uomo, l'anima continua e persevera nell'essere suo, e ha tuttavia possanza e intelletto.

E Socrate: - Tu di' vero, Cebete; ma che s'ha da fare? Vuoi tu che ragioniamo ancora, per vedere se possa essere cosí, o no?

Rispose Cebete: - Udirei molto volentieri la tua opinione.

E Socrate: - Certamente, ora a sentir parlare me, credo che niuno, fosse anche un poeta comico, direbbe che io fo dance, e che parlo di cose le quali non mi toccano. Dunque bisogna pensarci, se tu vuoi.

XV.

Cosí: facendo la questione se veramente siano in inferno le anime de' morti, o no. Dice un antico dettato, il quale ricordiamo, che le anime si partono di qua, e arrivano là; poi ritornano qua di nuovo, e si generano dai morti. Se cosí è il vero, che i vivi si generano dai morti, non segue che si conservano là le nostre anime? ché non rinascerebbero nuovamente, laddove s'annientassero. Onde, per provare ch'elle si conservano, basta mostrare che i vivi non si generano da altro, se non dai morti; se questo non è, ci bisognerà un'altra ragione.

- Sí, - disse Cebete.

E Socrate: - Ma non dèi ciò considerare solo rispetto agli uomini, se vuoi apprendere piú facilmente; ma sí anco rispetto agli animali e alle piante; e universalmente, di tutte le cose che abbiano generazione s'ha a vedere se ciascuna è cosí fatta, ch'ella non si generi se non dal contrario suo, poniamo che ci sia: il bello, per esempio, è contrario al brutto, il giusto all'iniquo; oh ce n'è tanti contrarii! Consideriamo dunque se ella è proprio necessità, che tutto ciò che ha un contrario, non si generi che da quello: cosí, se una cosa si fa piú grande, si dee far piú grande di piú piccola ch'ella era prima?

- Sí.

- E se si fa piú piccola, di piú grande ch'ella era prima si farà piú piccola?

- Sí.

- E similmente uno si farà di piú forte piú debole; di piú tardo, piú veloce?

- Cosí proprio.

- Oh! e se uno si fa piú cattivo, non si fa piú cattivo di piú buono ch'egli era? e, se piú giusto, di piú iniquo?

- Come no?

- Sicché, oramai egli è chiaro, - conchiuse, - che tutte le cose cosí hanno loro nascimento, le contrarie dalle contrarie. E, procedendo essi contrarii a due a due, in mezzo a loro non sono come due specie di generazioni o mutamenti, cioè da uno nell'altro, e da questo in quello? cosí, in mezzo al grande e al piccolo, è l'accrescimento e lo scemamento: che è ciò che noi chiamiamo crescere e scemare.

- Vero, - disse.

- Adunque il discernersi e raccogliere, il raffreddarsi e scaldare, e altri simili mutamenti, sebbene alcuna volta non li chiamiamo per nome, di fatto poi nascono di necessità l'uno dall'altro, a vicenda.

E Cebete: - Cosí è.

XVI.

Ed egli dimandò: - Or su, è alcuna cosa la quale sia cosí contraria all'esser vivo, come è il dormire al vegghiare?

- Sí, - rispose.

- Quale?

- L'esser morto.

- E però si generano l'uno dall'altro, dacché son contrarii? e, essendo due, sono anche due i mutamenti o le generazioni, le quali sono nel mezzo?

- Come no?

E Socrate: - Delle due coppie di contrarii, le quali ho mentovate ora, una te la dico io, con le generazioni sue; tu poi mi dirai l'altra. Ecco: vegghiare, e dormire; dal dormire nasce il vegghiare, dal vegghiare il dormire; e le generazioni, o i mutamenti, sono lo addormentarsi e lo svegliarsi. Ti pare, o no?

- Sí, - rispose.

- Ora parlami anche tu similmente della vita e della morte: non dici che esser morto è contrario a esser vivo?

- Io sí.

- E che nasce uno dall'altro?

- Sí.

- Che è, adunque, quel che nasce dal vivo?

Rispose: - Il morto.

Ripigliò Socrate: - E dal morto?

E l'altro: - Il vivo; di necessità s'ha a consentire.

- Dunque, o Cebete, dai morti nascono i vivi.

- A vedere è cosí.

- Dunque le nostre anime sono veramente in inferno?

- Pare.

- Ora delle generazioni e mutamenti proprii di questi due contrarii, uno è chiaro; che? il morire non è chiaro?

- Altro se è chiaro!

E Socrate: - Che si fa ora? a questa specie di mutamento o generazione, non abbiamo noi un mutamento contrario da opporre? qui la natura sarebbe zoppa? o è di necessità che al mutamento, che si dice morire, si opponga un contrario?

- E quale?

- Il rivivere.

E Socrate: - E se il rivivere è, sarebbe esso un passaggio di morto a vivo?

- Certo.

- E però noi s'è di accordo che i vivi nascono dai morti, proprio come i morti dai vivi. Or non si è detto, che se ciò era vero, s'avea sufficiente prova della necessità che fossero in alcun luogo le anime dei morti, di dove potessero venire novamente a generazione?

- La necessità, dopo ciò che si è convenuti, è chiara.

XVII.

Socrate: - E bada, Cebete, che non ci s'è convenuti senza ragione: imperocché, se i contrarii, generandosi, non seguitassero cosí uno all'altro, a vicenda, da rivolgersi quasi in cerchio; ma corressero a diritto in modo, che uno passasse pure nell'altro, e questo non tornasse in quello, ritorcendosi la generazione e svoltando; sai che alla fine tutte le cose avrebbero la forma medesima, e si rimarrebbero di mutare?

E Cebete: - Come di' tu?

- Non è niente forte, - rispose a lui Socrate, - a intendere ciò ch'io dico; ecco, se ci fosse l'atto dello addormentarsi, e non gli seguisse quello dello svegliarsi, il quale viene da esso, tu sai che alla fine sarebbe cosí ogni cosa, che piú non farebbe specie il caso di Endimione, e in nessuno luogo la gente si ricorderebbe di lui, per la ragione che ciò che toccò a lui, toccherebbe a tutte le cose; cioè, dormire. E poniamo che si adunassero tutte le cose, e non si discernessero prestamente, il Tutto insieme d'Anassagora parrebbe vero. E similmente, caro Cebete, se morisse tutto ciò che è vivo, cosí rimanendosi e non rivivendo piú, non sarebbe necessario che alla fine tutto fosse morto e nulla vivo? imperocché, nascendo i vivi dai vivi, e i vivi morendo, che argomento sarebbe che tutto non si consumasse nella morte?

Cebete rispose: - Niuno, mi pare: vedo che tu hai ragione.

E Socrate: - È proprio cosí, par anche a me; e non ci siamo ingannati allora che noi ci fummo messi di accordo. Sí, è vero che si rivive, e che i vivi nascono dai morti, e che le anime dei morti ci sono, e che incontrerà meglio alle buone, alle cattive peggio.

XVIII.

Cebete ricominciò, e disse: - Anche secondo quella ragione, la quale sei solito arrecare spesso, se pure è vera, cioè che l'apprendere nostro non è che ricordare, è necessario avere imparato prima ciò che si ricorda al presente. E ciò non potrebbe essere, se la nostr'anima non viveva in altro luogo, innanzi che fosse entrata in questa forma di uomo; onde, ancora per questa ragione, appare che l'anima sia alcuna cosa immortale.

Prende a parlare Simmia, e cosí dice: - E come si prova questo, o Cebete? ricordamelo tu, ché ora io non l'ho bene a mente.

Rispose Cebete: - Con un argomento molto bello; e si è, che gli uomini i quali sono interrogati, interrogati bene, rispondono e ci colgono; e ciò non potrebbero fare, se scienza non fosse in loro e diritta ragione: specialmente poi se li tira alcuno con le sue interrogazioni a parlar di figure e simili cose. Allora luce la verità della sua sentenza.

E Socrate disse: - Simmia, se non ti persuadi cosí, guarda se a quest'altro modo. Tu dubiti se quello che si dice apprendere sia ricordare?

- Non già che io ne dubiti, ma egli è che ho proprio bisogno di quello di che tu ora ragioni, di ricordarmene; e già me ne vo ricordando per quel che ne ha toccato Cebete, e mi persuado; nientedimeno dimmi come t'eri messo a provarlo, ché tu mi farai piacere similmente.

- Vedi, noi siamo di accordo, che se alcuno rammentasi d'alcuna cosa, la doveva sapere prima.

- Sí, - rispose.

- E similmente non siamo noi di accordo, che una notizia che rivenga alla mente sia ricordanza? vuoi saper come? ecco: se alcuno avendo visto per lo passato o udito o sentito in qualunque modo una cosa, non solo conosce quella, ma insieme un'altra gliene viene alla mente, la cui notizia sia, non già medesima, ma sí diversa della notizia della prima cosa; questa seconda notizia non si dice a ragione ch'ella è una ricordanza?

- Come di' tu?

- Ecco: la notizia di uomo è diversa da quella di lira?

- Come no?

- Ora tu sai che agli amanti, quando vedono o una lira o un mantello o altro che il diletto loro solito è usare, avviene il medesimo, cioè che subitamente, conoscendo la lira, riconcepiscono la forma del giovinetto al quale quella si appartiene; ecco che cosa è il ricordare; cosí molte volte, vedendo alcuno Simmia, e' si ricordò di Cebete; - e ne potrei contare tanti esempii.

E Socrate: - Non è dunque un ricordare questa operazione? specialmente se le cose son già dimenticate perché rimote di tempo, e perché non ci si pose mente?

- Certo, - rispose.

Ripigliò Socrate: - E non avvien mai caso, che persona vedendo dipinto un cavallo o una lira, si ricordi di un uomo? e vedendo Simmia dipinto, si ricordi di Cebete?

- Avviene.

- E anche, vedendo dipinto Simmia, che si ricordi di Simmia vivo?

- Anche, - rispose.

XIX.

E può la ricordanza, secondo i predetti esempii, venire dai simili e ancora dai dissimili?

- Può.

- Ma quando uno ricorda alcuna cosa, tratto da un'altra che le assomiglia, non gli viene necessariamente di pensare se la somiglianza di quella con la cosa ricordata è o no perfetta?

- Necessariamente.

E Socrate: - Badaci se è cosí: diciamo noi che è un eguale? non dico legno a legno, né pietra a pietra, e nulla di simile; ma sí dico una certa cosa diversa, di là da tutte queste; insomma, l'eguale istesso diciamo noi che è, o no?

- Diciamo che è, per Giove, e a un modo maraviglioso, - disse Simmia.

- E sappiamo noi ciò ch'esso è?

- Sí.

- E di dove mai ne avemmo noi la notizia? non dalle cose ora mentovate? non a veder legna uguali, o pietre, o altri corpi qualichesiano, avemmo il concetto dell'eguale in sé, il quale è diverso da quelli?

O non ti par diverso? E bada a questo: le pietre uguali e le legna, rimanendo le medesime, a volte non paiono essere uguali, a volte no?

- Sí, certamente.

- E che? ci fu mai caso che gli uguali in sé t'apparissero diseguali, e la eguaglianza disuguaglianza?

- No, mai, Socrate.

Ed egli a lui: - Non sono adunque il medesimo le predette cose uguali e l'uguale in sé.

- Per nulla, mi pare.

- Nientedimeno la notizia dell'eguale in sé l'hai tu presa da codeste cose uguali, che son diverse da quello?

- Verissimo.

- Notizia come di un ch'è o simile o dissimile a coteste cose.

- Certo.

- E' non fa niente variazione, - disse Socrate; - imperocché, se ogni volta che vedendo tu alcuna cosa, per la vista di quella ne concepisci un'altra, simile o dissimile che sia, ella è sempre una ricordanza.

- Sí, certo.

E Socrate: - Ora di': le legna e quell'altre cose da noi dette uguali, t'appariscono elle uguali cosí, come è l'uguale medesimo? o vero perché sian l'uguale ci vuol poco, o nulla?

- Ci vuol di molto, - rispose.

- Siamo adunque di accordo, che se alcuno, vedendo mai alcuna cosa, cosí ragiona col cuore suo: «Cotesta cosa ch'io vedo, vuol bene essere come uno de' veraci enti, ma non lo arriva»; costui che cosí ragiona, dee aver prima veduto quello al quale dice che la cosa assomiglia sí, ma difettivamente?

- Senza alcun dubbio.

- E non è il medesimo delle cose uguali e dell'uguale in sé?

- Sí, proprio.

- Necessario è dunque avere noi veduto l'eguale in sé, innanziché, vedendo la prima volta cose uguali, conoscessimo ch'elle bene desiderano essere come quello è, ma non l'arrivano.

- Cosí è.

- Ma in questo ancora ci accordiamo, che non ricevemmo né possiamo ricevere per altra via la notizia di quello, se non per vista o per toccamento o per qualunque senso tu voglia; ché non fa variazione.

- No, per quel che si vuol chiarire.

- E ancora per i sensi bisogna aver conosciuto che tutte le cose uguali e sensibili desiderano bene essere come l'uguale medesimo, ma sono difettose: o come s'ha a dire?

- Cosí.

- E però avanti che noi incominciassimo a vedere e udire e adoperare gli altri sensi, bisogna aver appreso la notizia dell'istesso eguale; ciò ch'esso è; se dovevamo a quello paragonare le cose uguali sensibili, e avvederci che tutte hanno bramosia di essere come è quello, ma non lo arrivano.

- Certo, dopo quel che detto è innanzi.

- E non incominciammo noi a vedere e a udire e adoperare gli altri sensi, subito nati?

- Sí.

- Ora fu detto che, avanti che si sentisse, bisogna avere noi appreso la notizia dell'istesso eguale.

- Dunque bisogna averla appresa prima che nati.

- Sí.

- È chiaro.

XX.

- E però, se per averla appresa innanzi la nascita l'avevamo nascendo, seguita che noi sapevamo prima che nascessimo e dopo nati, non che l'eguale, anco il maggiore e il minore e le altre idee somiglianti: imperocché al presente non si ragiona piuttosto dell'istesso eguale che dell'istesso bello e dell'istesso buono e giusto e santo e di tutte le altre cose, com'io dico, alle quali noi, dimandando e rispondendo, poniamo questo sigillo: È. Onde è necessario avere noi appreso le notizie delle dette cose innanzi la nascita.

- Cosí è.

- E se non fosse che, dopo appresele, noi in sul nascere le dimentichiamo ogni volta, nasceremmo savii e tali rimarremmo per tutti quanti i dí della vita; imperocché questo è sapere, appresa notizia di alcuna cosa, ritenerla, non già perderla; ché, la perdita di scienza, non la diciamo noi dimenticanza, o Simmia?

- Sí, - rispose.

- E se, come io penso, appresa la scienza avanti che si nascesse, nati, l'abbiam perduta, e poi, giovandoci de' sensi, l'abbiamo ripigliata; proprio quella medesima che noi possedevamo una volta; l'operazione, la quale chiamiamo apprendere, non è un ricuperare ciò ch'era nostro? E dicendo noi che questa operazione è un ricordare, non parliamo dirittamente?

- Certo.

- Imperocché si è fatto chiaro che, vedendo noi alcuna cosa, o udendola, o sentendola in qual si voglia maniera, può essere che ne concepiamo un'altra diversa da quella, già dimenticata, alla quale stava accosto per esserle simile o dissimile. Onde, una delle due, com'io dico: o l'uomo è nato avendo le dette notizie, ritenendole tutto il tempo di sua vita; o vero, quando poi egli apprende, non fa che ricordarsi, sicché l'operazione dell'apprendere è ricordanza.

- Proprio cosí.

XXI.

- Adunque, delle due che scegli? che siamo nati avendo scienza; o che, avutala una volta e dimenticatala, ce ne ricordiamo di poi?

- Non posso scegliere ora.

- Oh, qui potrai bene scegliere: di', che ti pare? un che sa, può render egli ragione di ciò che sa?

- Sí, come no?

- Or pensi tu che delle cose dette dianzi ognuno possa render ragione?

- Ben vorrei; ma ho gran paura che dimani, a quest'ora, non ci sia piú niuno uomo che possa fare ciò degnamente.

- Dunque non ti par che le sappia ognuno codeste cose?

- Manco per sogno.

- Dunque, ne segue che ognuno ricorda cose ch'ebbe apprese una volta?

- Necessariamente.

- E l'anima quando le ebbe apprese? certamente non dopo nati in forma di uomo?

- No.

- Prima?

- Sí.

- Dunque, o Simmia, le nostre anime erano anche prima che pigliassero forma di uomo, e aveano scienza, sebbene separate dai corpi: salvo che non avessero apprese quelle notizie proprio in sul nascere, non rimanendo altro tempo. E sia pure, amico; ma quando le perdiamo, dacché non nasciamo avendole, come ci accordammo ora? O le perdiamo noi in quell'istesso momento che le apprendiamo? o che hai tu a dire altro tempo?

- No, Socrate: io, non m'accorgendo, dissi parole vane.

XXII.

- Egli è cosí dunque, o Simmia? se è quel che ricantiamo tutto dí, un bello e un buono, e cotali essenze; e noi riferiamo a quelle e assomigliamo tutte le cose sensibili, riconoscendo che quelle eran prima, e nostre; è necessario che cosí come ci sono coteste essenze, cosí ci sia ancora la nostr'anima, e prima che nasciamo: se poi non ci fossero, sarebber tutte parole gittate le mie. Su via, dunque, è cosí? è uguale necessità che ci sian le dette essenze e ci sia la nostra anima ancora prima che nasciamo? e che, se quello non è, né pure sia questo?

E Simmia rispose: - Sí, proprio l'stessa necessità io ci vedo, e il ragionamento, o Socrate, si è ricoverato in un forte luogo, sostenendo che cosí ci sono le nostre anime prima che nasciamo, come ci sono le essenze che tu di'; imperocché nulla è sí luminoso e chiaro come questo, che il bello e il buono e le altre essenze che hai soprannominate ci sono veramente, e ch'elle hanno dell'essere il piú che se ne possa avere. Per me tanto la cosa è dimostrata sufficientemente.

- E Cebete? eh bisogna persuadere anche lui, - disse Socrate.

E Simmia: - Penso che duro com'egli è piú che niuno altro uomo a prestar fede, questa volta siasi non poco persuaso che prima che nascessimo noi ci era la nostra anima.

XXIII.

E seguitò: - Ma se ella sarà tuttavia dopo morti, non par chiarito neanche a me, o Socrate. Mi fa ombra quel che diceva ora Cebete, la paura dei piú, che, morendo l'uomo, non si dissipi l'anima, e sia cotesto dissipamento il termine dell'essere suo. Perocché qual ragione toglie ch'ella si generi di dove che sia, e si formi e viva innanzi al suo entrare in umano corpo; ma, entrata ch'ella è, quando poi si parte, in quel momento d'ora medesimo si dissolva?

E Cebete: - Tu di' bene, o Simmia; ed è chiaro che è mostrata la metà sola di quello che si doveva, cioè, che avanti che nascessimo, ci era la nostra anima; ma bisogna anco mostrare, che, morendo, ella non sarà meno che fosse avanti che nascessimo, se la dimostrazione vuol esser compiuta.

E Socrate: - Ma questo s'è mostrato ora ora, o Simmia e Cebete; sí veramente che vogliate comporre questa ragione con quella nella quale ci accordammo innanzi, cioè, che il morto nasce dal vivo, e il vivo dal morto: imperocché, se l'anima è anche prima, ed è necessità che venendo ella a vita si generi di morte, non è similmente necessità che si rigeneri a vita, morendo, e seguiti a essere? Dunque s'è mostrato, ora, ciò che tu chiedi.

XXIV.

Nientedimeno mi penso che tu, Simmia, entreresti volentieri vieppiú dentro in questo ragionamento; perché, a vedere, voi state con la paura, come i fanciulli, che davvero il vento, uscendo ella dal corpo, non la meni via e disperda; specialmente se tocca di morire non essendo riposata l'aria, ma sí soffiando forte bufera.

E Cebete, sorridendo: - Socrate, fa ragione che noi abbiamo paura e confortaci: o meglio, noi no, ma forse un fanciullo che è dentro noi ha di tali paure; confortiamo lui dunque a non paventare la morte, come la fantasima.

Disse Socrate: - Ma bisogna fargli la incantagione tutti i dí, per infino a che non si sia scantato.

E l'altro: - E un buon incantatore che faccia al caso, di', di dove lo piglieremo noi, se tu ci abbandoni?

Rispose Socrate: - Cebete, la Ellade è grande, e vi ha de' bravi uomini: e poi ci è tante genti barbare. Dunque vi conviene cercare per ogni luogo un cotale incantatore, non risparmiando ricchezze né fatica, ché non vi ha nulla dove spendereste meglio il danaro: ma cercate anco fra voi, ché forse non trovereste facilmente uno che potesse ciò fare meglio di voi.

E Cebete: - Ti ubbidiremo: ripigliamo il filo del discorso, se ti piace.

- Mi piace, e come!

E l'altro: - Dici bene.

XXV.

- E però non conviene, - ripigliò Socrate, - che facciamo a noi medesimi simile domanda? a quale cosa tocca di dissiparsi, e a quale no; e che consideriamo poi, se è l'anima; e, secondo che sí o no, stare sul fatto della nostr'anima propria con isperanza o con paura.

- Dici vero.

- Or su, via, ciò che è da natura composto, non conviene che, a quella maniera medesima che fu composto, si scomponga? e se vi ha cosa, la quale è non composta, non conviene a quella, se mai, che non si scomponga?

- A vedere, cosí è, - disse Cebete.

- E non è verisimile che non composte siano appunto le cose che si contengono sempre in un medesimo modo, e che al contrario composte siano quelle che a volte si contengono a un modo e a volte a un altro, e non mai a un modo medesimo?

- Mi par bene.

- Ora torniamo alle cose toccate innanzi; l'essenza stessa, quella, la quale e dimandando noi e rispondendo definiamo ciò che è, si contiene a un modo medesimo, o a volte a un modo e a volte a un altro? L'istesso eguale, l'istesso bello e qualsivoglia verace ente, muta mai in nulla? ovvero, essendo egli di natura sua uniforme, si contiene a una maniera e non c'è modo né verso che riceva alcuno mutamento?

- È necessario che si contenga a una medesima maniera, - rispose Cebete.

- E che è delle cose multiformi, come uomini, cavalli, vestimenti, o altre cose siffatte, si chiamino belle o uguali o con qualsivoglia nome che abbiano le veraci essenze? Si contengono per avventura a un medesimo modo, o al contrario dell'essenze nominate esse non sono, per cosí dire, giammai e in niente le medesime, né in rispetto a sé né fra loro?

E Cebete: - Vero; elle non si contengono mai al medesimo modo.

- Ora se tu puoi vedere, o toccare, o sentire cogli altri sentimenti corporali queste cose mutabili; per quale via puoi tu apprendere quelle che non mutano, se non per il discorso della mente? con gli occhi, no.

XXVI.

E però vuoi, - egli disse, - che poniamo due specie di enti, una visibile, e l'altra che non si vede?

Rispose: - Poniamole.

- Questa, che si contenga a ogni ora a un modo medesimo; e quella, che non si contenga mai a un modo medesimo.

- Poniamo pure.

- Orsú, che altro siamo noi, - ripigliò Socrate, - se non corpo e anima?

- Non altro.

- E il corpo a quale delle due specie diremo che è piú congiunto e piú assomiglia?

- Alla specie visibile: ciò è palese a tutti.

- E l'anima? è ella visibile, o no?

- Certo, gli uomini non la vedono.

- Ma non parliamo ora noi di cose visibili o invisibili agli uomini? o a quali altri pensi tu?

- Sí, agli uomini.

- Che diciamo dunque dell'anima? si vede ella, o no?

- No.

- Dunque ella è invisibile.

- Sí.

- E però alla specie invisibile l'anima è piú somigliante che il corpo; e questo, alla specie che si vede.

- Di necessità, Socrate.

XXVII.

- Ora, ciò che noi diciamo da un pezzo, quando l'anima considera alcuna cosa per il mezzo del suo corpo, cioè per la vista, o l'udito, o altro sentimento (ché, per il mezzo del corpo, significa per il mezzo del senso); allora ella tratta è dal corpo alle cose che giammai non si contengono a un modo, e vassene tutta scompigliata, vagando e barcollando come ebbra; imperocché simiglianti cose ella tocca.

- Certamente.

- Ma quando si può raccogliere in sé medesima e ponesi in contemplazione, si leva a quello che è puro, che è eterno, che è immortale e immutabile, e avendo natura simigliante con quello, rimane in sua compagnia: allora si quieta dal vagare, e non riceve in sé mutamento; perocché quello, al quale si è appressata, e che sta a contemplare, non muta. Questa maniera di essere dell'anima chiamasi intelligenza.

- Ciò che di' tu è bello e vero.

- Ora dopo le cose predette, a quale delle due specie par a te che l'anima piú assomigli?

Rispose: - A me pare che qualunque uomo, messo cosí da te in su la via, abbia pure mente grossa, risponderebbe che l'anima è per ogni rispetto piú simile a ciò che è immutabile, che a ciò che muta.

- E il corpo?

- All'altro.

XXVIII.

Socrate: - Ora tu bada qua: essendo insieme anima e corpo, natura vuole che il corpo serva e lascisi governare, e che l'anima donneggi e governi; ora anche per questo rispetto, quale pare a te simile a ciò che è divino? quale a ciò che è mortale? O non ti par che quel che è divino sia naturalmente convenevole a governare e comandare; e quello che è mortale, a servire ed essere governato?

- A me sí.

- Ora l'anima a quale si somiglia?

- È chiaro, Socrate, che a quello che è divino; e il corpo a quello che è mortale.

Ed egli disse: - Poni mente, Cebete, se dalle cose predette non s'ha a conchiudere essere l'anima molto somigliante a ciò che è divino e immortale, intelligibile e di una forma, indissolubile e senza mutamento; e a ciò che è umano e mortale, non intelligibile e di molte forme, che si muta e discioglie, esser molto somigliante il corpo? abbiamo noi alcuna ragione di dire che non è cosí, caro Cebete?

- No.

XXIX.

- E se egli è cosí, al corpo non conviene ch'egli tosto si dissolva, e all'anima che sia al tutto o indissolubile o qualcosa simile?

- Come no?

- E intendi tu che, morendo l'uomo, la parte di lui che è visibile e che giace innanzi agli occhi, e che noi chiamiamo morto, alla quale tocca di sciogliersi e lacerare e spargere, non fa ciò di subito, ma serbasi per alquanto spazio di tempo; specialmente se alcuno muore ancora fresco e giovane: ché se il corpo si concia e dissecca, come fanno in Egitto, basta tanto che io non ti so dire. Poi alcune parti (ossa, nervi e cotali altre cose), benché infracidi il corpo, sono quasi immortali: no?

- Sí.

- Ora l'anima, invisibile, avviata a luogo diverso da questo, confacevole a lei e bello, puro e invisibile, e propriamente all'Ade, presso il buono e sapiente Iddio; dove anco l'anima mia anderà tosto, se a lui piace; l'anima uscendo dal corpo è subitamente recata a nulla, come dice il volgo?

No, miei cari; piuttosto il vero è che se ella si parte pura, non avendo niente del corpo, perocché vivendo non usò per nulla con lui volontariamente, anzi lo schivò, stando raccolta in sé medesima, come colei che tutto dí fu di ciò molto studiosa (e ciò non è altro se non filosofare dirittamente, e serenamente esercitarsi a essere proprio morti): ché, non è meditazione della morte questa?

- Certo.

- Un'anima che è cosí fatta s'avvia dunque a ciò che le somiglia, a ciò che è invisibile, a ciò che è divino e intellettuale e immortale, dove giungendo le toccherà di esser beata, libera dei vagamenti, delle stoltizie, delle paure, dei selvaggi amori e delle altre sciagure umane, passando tutto il suo tempo cogl'Iddii, secondoché raccontasi degli Iniziati. S'ha a dir cosí, o no, Cebete?

- Cosí, per Giove.

XXX.

- Se poi, secondoché io penso, ella partesi dal corpo inquinata e immonda, come colei che stando tutto dí col corpo, servendo, è infiammata di amore verso lui ed è dai piaceri e desiderii di lui ammaliata in modo, che nulla le pare essere vero, salvo ciò, ch'è corporale e che vedere e toccare si può e bere e mangiare e adoperare a dilettamenti d'amore; essendo ella usata, tutto ciò che è tenebroso agli occhi e invisibile e che apprendesi per filosofia, a odiare e a paventare e schivare; una tale anima pensi tu che si parta schietta?

Per niuno modo, - rispose.

- Ma sibbene io penso che si parta occupata da i corporali desiderii, essendo oramai divenuta di una medesima natura col corpo, a cagione dello avere tutto dí usato con lui e pigliatosene grande cura.

- Certo.

- E il corpo, amico, si ha a reputare pesante, grave, terreo e visibile; e però una tale anima è dalla paura dell'invisibile Ade raggravata e tratta novamente verso ai visibili luoghi, aliando attorno ai monumenti e sepolcri, secondoché raccontasi: presso ai quali furon già vedute delle fantasime, quasi ombre di anime; nelle quali si celano propriamente coteste anime non monde né sciolte da ciò che è visibile, ma a quello appigliate; e però si vedono.

- Egli è verosimile, o Socrate.

- Sí, o Cebete, e verosimile è ancora che tali anime non siano quelle dei buoni, ma sí quelle dei cattivi; le quali sono necessitate di vagare attorno a cotesti luoghi, pagando la pena di loro passata vita malvagia; e vagano insino a che, traendoli il corporale desiderio che è in loro, non s'avviluppino novamente in un corpo.

XXXI.

- E com'è convenevole, piglieranno quelle forme e costumi, ai quali vivendo ebbero amore.

- Quali di' tu, o Socrate?

- Ecco: quelli che si dettero a diluviare, lussureggiare e innebriarsi, e non ischivaron cotesti vizii, convien che piglino forme di asini e di altre simili bestie: o non credi tu?

- Conviene, come tu di'.

- Quelli poi che a onore si recarono di tiranneggiare e fare ingiurie e rapina, convien che prendano forma di lupi, corvi, nibbii; ché qual'altra si converrebbe loro, se non questa?

- Sí, questa, - disse Cebete.

- E non è similmente chiaro delle altre forme, cioè che ciascuno piglierà quella che piú fa e piú si assomiglia all'abito di sua vita?

- Chiaro, come no?

- E però sono molto beati e vanno in molto onorati luoghi quelli che ebber coltivato la civile virtú, che ha nome saviezza e giustizia, la quale nacque in loro dall'abito, senza lume di filosofia e intelletto.

- Molto beati? perché?

- Perché egli è convenevole che costoro trapassino in simili specie di animali politici e mansueti: api, vespe o formiche; o di nuovo in uomini, generando altri savii uomini alla loro volta.

XXXII.

Trapassare poi nella specie degl'Iddii, ciò non è lasciato a colui che non ebbe amore alla filosofia, e si partí non perfettamente puro dal mondo; ma sibbene a colui che fu vago di conoscenza. Per questo, amici miei, Simmia e Cebete, i veri filosofi non si dànno ai diletti corporali, ma da quelli si rimuovono: e se ne rimuovono per questo, non già perché paventino la ruina di casa loro e la povertà, come il volgo e quelli assetati di danaro; né perché temano essere tenuti da poco e vilificati, come i cupidi di signoria e di onori.

- E poi a' loro non istarebbe neanco bene aver paura di queste cose, - disse Cebete.

- No, per Giove, - ripigliò Socrate. - E però ei che vivono avendo cura all'anima e non accarezzando il corpo, non vogliono usare con cotesta gente, e non vanno con essa per un cammino, la quale già non sa dove si vada; e pensando che non si dee far cosa niuna contro alla filosofia, che purifica e affranca l'anima, si volgono a lei, seguendola per dove essa li guida.

- Come, o Socrate?

XXXIII.

- Ti dirò': perocché, - seguitò egli, - coloro che sono vaghi di apprendere, sanno che la filosofia accoglie l'anima loro, legata al corpo, anzi appiccicata, e costretta a considerare gli enti, non da sé e senza mezzo, ma sibbene per entro a quello, come per entro a una carcere; ravvolgendosi ella in ogni maniera d'ignoranza, ma non sí che non s'avveda che la terribilità della carcere è per cagione del desiderio suo del corpo; sicché ella, l'avvinchiata, con tutta sua forza aiuta a farsi avvinchiare; come dico, questi uomini sanno che la filosofia guardando con benignità l'anima loro dolorosa, e, dolcemente rincorandola, prende a scioglierla, mostrando che son pieni d'inganno gli occhi, e pieni d'inganno gli orecchi e gli altri sentimenti; e la persuade di ritrarsi da quelli, salvo a usarne quanto è di necessità; e confortala a restringersi e adunare tutta in sé e a non credere a niuno, eccetto che a sé medesima; e a tener per vero ciò ch'ella da sé intende, i puri enti, e in nulla vero poi ciò che intende per altro e che muta; e a pensare che tale è ciò ch'è sensibile e visibile, per contrario ciò che vede ella da sé medesima intelligibile è, ed è eterno. E l'anima del verace filosofo non istimando d'aver a contrastare a questa liberazione, si tempera piú ch'ella può da piaceri e desiderii e paure; considerando che colui che fuor di misura si rallegra o teme o s'addolora o infiamma di desiderio, non riceve tanto male, quanto, secondoché si crede, se egli infermasse o consumasse parte di sue facoltà per soddisfare alle sue voglie, ma sí egli riceve il piú gran male che immaginare si possa, e non ne tien conto.

E Cebete: - Che è questo male?

- È che l'anima di ogni uomo, ricevendo smisurato piacere o dolore da alcuna cosa, è tratta perciò a crederla verissima e molto chiara; e non è; or cotesto non ci accade specialmente con le cose visibili?

- Come?

- Perché ogni piacere e dolore, come avesse un chiodo, conficca l'anima nel corpo e la fa corporale in modo, che ella crede vero tutto ciò che il corpo dice essere vero. Imperocché ella, dicendosela col corpo e pigliando insieme con lui diletto nelle cose medesime, mi penso che è necessitata di pigliare anche il medesimo abito e costume; onde mai non arriva pura nell'Ade; perocché, uscendo dal corpo suo tutta piena di corporale desiderio, tosto ella cade novamente in un altro corpo, e, come fosse sementa, ivi germoglia, rimanendo accecata della vista di ciò che è divino, puro, schietto.

E Cebete: - Dici verissimo.

XXXIV.

- Per queste ragioni, o Cebete, coloro che sinceramente sono desiderosi di apprendere, sono modesti e forti; non già per quelle le quali conta la gente. O che ci credi tu?

- Io no.

- No: perché l'anima di un ch'è filosofo ragionerebbe cosí com'io dico, e non istimerebbe già che ci sia bisogno sí della filosofia per iscioglierla, ma che, sciogliendo essa, a lei convenga novamente gittarsi ai piaceri e ai dolori, e incantarsi e fare vana opera, tessendo sua tela, al contrario di Penelope, la notte, e stessendola il giorno; ma sí procurandosi riposo e quiete dalle passioni predette e seguitando la ragione con costanza, e contemplando ciò che è vero e divino e che è sovra all'opinione, e di quello prendendo suo nutrimento, crede ella che le convenga vivere cosí per insino che vive; e da poi che sarà morta, pervenendo a ciò che ha natura simile a lei, spera di essere liberata dalle umane sciagure. E stando in questo esercizio ella non dee avere paura alcuna, o Simmia e Cebete, che, subitamente, in su l'uscire dal corpo, spargendola e dissipandola i venti, non abbia a isvanire ed essere recata a nulla.

XXXV.

Dette che ebbe Socrate queste cose, fu silenzio per lunga ora; ed egli medesimo ne rimase molto pensoso, come mostrava nella faccia, e noi somigliantemente, quasi tutti.

Cebete e Simmia parlaronsi pianamente. E Socrate, ciò vedendo, dimandò a loro: - Che ve ne pare delle cose che io vi ho dette? forse che non vi soddisfano? Per certo dubbii ce n'ha di molti ed appigli a opposizioni, volendole alcuno diligentemente considerare. Via, se ragionavate di altro, sto zitto; ma se intendevate pure sporre fra voi alcuna difficoltà su questo argomento, non ponete indugio: guardate se mai riesce a voi di fare un po' piú di chiaro; e ricevetemi novamente a compagno, se vi pare che la compagnia mia giovi. - E Simmia: - Socrate, ti dico il vero: egli è già un pezzo, che essendo dubitosi tutti e due, l'uno punzecchia l'altro col gomito, sollecitandolo a dimandare, per il desiderio che noi abbiamo che tu ci parli: ma ci tiene la paura di farti noia e dispiacere, stante questa disgrazia -. La quale cosa egli udendo, sorrise un poco, e con sereno volto disse: - Bravo, Simmia: certamente, male io potrei persuadere gli altri uomini che non reputo il caso mio una disgrazia, quando nemmeno mi vien fatto di persuadere voi, i quali temete che io abbia ora a stare piú di mala voglia che mai in vita mia. E si vede ch'io paio a voi essere meno valente che i cigni in fatto di divinazione: i quali venuto che è il dí della morte, se prima cantavan bene, allora cantano piú e meglio, godendo dell'avere ad andare a quell'Iddio del quale sono ministri. Vero è che per ciò che gli uomini hanno paura essi della morte, dicono le bugie fin sul conto dei cigni, spacciando ch'eglino son presi da tristezza, appressandosi l'ora della morte; e che però cantano dal dolore; e non considerano che niuno è degli uccelli, il quale canti quando lo punga fame o freddo, o lo molesti alcun altro male; neanche l'usignolo medesimo, né la rondine, né l'upupa; i quali, quando cantano, così dice la gente, piangono; ma al mio parere né questi uccelli cantano per fare dolore e lamento, e neanco i cigni; ma egli è che essendo i cigni tutta cosa d'Apollo, sono indovini; e avendo in visione i beni dell'Ade, nel giorno di loro morte cantano molto soavemente, e fanno festa e allegrezza piú dell'usato. Ora anch'io mi reputo compagno di ministerio co' cigni, e sacro al medesimo Iddio, e però credo che mi convenga passare di questa vita non meno allegramente di loro; dunque dimandate pure e dite ciò che v'aggrada, in sino a tanto che gli Undici degli Ateniesi ciò permettono.

E Simmia: - Hai ragione; ecco, la mia difficoltà te la dico; egli similmente ti dirà poi quale parte del tuo ragionamento non accetta: perché io la penso come te, che avere di tale questione chiara intelligenza in questa vita, gli è cosa impossibile o malagevole molto; ma che, da altra parte, il non discutere e dibattere in tutte le maniere ciò che se ne ragiona, e il rimanersi innanzi che stracchi, egli è da uomo delicato.

Imperocché di qua non si esce: o il vero della toccata questione alcuno lo apprende da altri, o ritrovalo da sé medesimo; e se ciò non può essere, ha da accettare uno de' ragionamenti degli uomini, quello piú probabile e meno facile a rigettare, e su quello come su una zattera passare in pericolo il mare della vita: salvo che non possa fare securamente e francamente suo viaggio su piú saldo navilio, cioè riposando in un ragionamento di Dio. E però io non ho ora vergogna di domandare, dacché tu parli cosí: ché non me la voglio pigliare poi con me stesso d'averti celato quello ch'io avea nell'animo. Sí, o Socrate, considerando meco medesimo e anco insieme con lui qui le ragioni le quali tu hai dette, mi pare ch'esse non soddisfacciano pienamente.

XXXVI.

E Socrate a lui: - Amico, forse cosí è il vero come a te pare: ma di', perché non ti soddisfano?

- Per questo, che potrebbe alcuno similmente su l'armonia della lira e delle corde rifare il tuo ragionamento medesimo, e dire cosí che in una lira accordata l'armonia è invisibile, immortale e divina cosa e bellissima; la lira e le corde, per lo contrario, sono corpi e di corporale forma composti, terreni e compagni naturalmente a ogni cosa che è mortale. E direbbe, continuando: «Poniamo caso che alcuno spezzasse la lira, o recidesse le corde o schiantassele, e' potrebbe sostenere con i tuoi argomenti medesimi che è necessario che viva quell'armonia e che non sia morta; imperocché laddove ci è tuttavia la lira, dopo rotte le corde, e ci son le corde, non può essere che l'armonia sia morta, la quale è somigliante e compagna di natura alle immortali cose; e sia morta prima di quello che è mortale».

E aggiungerebbe che non può essere questo, ma che è necessità che l'armonia viva, e che innanzi si disfacciano il legno e le corde, che ella riceva ingiuria veruna. E io credo, Socrate, che anche tu credi che noi su per giú concepiamo cosí l'anima, che da poi che il caldo, il freddo, il secco e l'umido allentano e tirano il corpo, l'anima è una cotale contemperanza e armonia delle dette cose, poniamo che elle sieno temperate acconciamente e misuratamente. E se è armonia l'anima, è chiaro che allora quando il corpo sia allentato da morbi e da altri mali, o tirato fuor di misura, l'anima, avvegnaché divinissima, deve di necessità perire come ogni altra armonia, quella che è ne' suoni e quella che è in ogni opera di artista; e devono, al contrario, gli avanzi del corpo rimanere per lungo tempo, insino a tanto che non siano arsi dalla fiamma del fuoco, ovvero mangiati dalla putredine. Guarda ora tu se contro questo argomento ci è da rifiatare, il quale farebbe chi volesse per avventura sostenere che, essendo l'anima una contemperanza degli elementi del corpo, nella cosí detta morte, prima è lei a perire.

XXXVII.

Socrate, aguzzato l'occhio, come soleva per lo piú fare, sorridendo, disse: - Oh! Simmia parla dirittamente: via, se è alcuno di voi meglio di me apparecchiato, perché non risponde? ch'egli il ragionamento me l'ha assalito assai bene, proprio. Io per me, innanzi che gli faccia la risposta, vo' prima udire Cebete che cosa mi rimprovera egli: cosí, passando un poco di tempo, intanto io vedo quello che mi convien dire; e uditi che li ho tutt'e due, o mi gitterò dalla loro se mi par che nelle loro idee sia buono accordo; se no, mi difenderò. Su via, Cebete, che è che ti molesta di nuovo e ti fa dubitare?

Cebete rispose: - Io te lo dico: il ragionamento mi par piantato lí, non fa un passo; sicché, delle difficoltà che gli furon fatte, non se ne cava fuori. Che l'anima nostra ci fosse innanzi ch'ella entrasse nel corpo, non disdico io che ciò non siasi dimostrato con garbo, direi anzi, se non fosse troppo, con piena soddisfazione; ma ch'ella, morti noi, possa essere in luogo alcuno, non mi pare. Che poi l'anima sia piú forte e piú durabile che il corpo, mi va; e non acconsento a Simmia che ciò combatte: perché io vedo bene che per questo rispetto grande differenza è fra l'anima e il corpo. Ma il tuo ragionamento mi dirà: «Dunque che vuol dire che ancora non ci credi? Se vedi già che, morendo l'uomo, la parte di lui più debole tuttavia rimane, non ti par necessario che eziandio si conservi quella che molto più è durabile?» Guarda ora tu se la mia risposta ha valore: ma vedo che ho bisogno d'alcuna similitudine anche io, come Simmia. Ecco, a me pare che a dire come di' tu, egli è come se alcuno, morendo un tessitore vecchio, ragionasse cosí di lui: «Non è morto! chi sa dove egli è!» e recasse in prova di ciò il vestimento nel quale egli s'involgeva, e il quale tessuto avea di sua mano, mostrando che quello ancora è buono, non è disfatto. E se tuttavia alcuno non gliel credesse, domandando egli: «Chi dura più, un vestimento che portasi addosso e si usa, o l'uomo?» e rispondendo l'altro: «Molto più l'uomo», e' si figurerebbe aver con ciò bello e provato che a più ragione dee esser vivo e sano l'uomo, dacché quello che meno dura, non è ancora disfatto. Ma io non credo, Simmia, ch'ella vada cosí: bada anche tu a ciò che io dico; dico che niuno è, il quale non giudicherebbe uomo molto semplice colui che ragionasse a questa maniera: perché avendo questo tessitore logorato molti simili vestimenti, perisce, egli è vero, dopo, in comparazione ai molti suoi vestimenti; ma rispetto all'ultimo, perisce prima, e non però segue che l'uomo sia più debole che il vestimento suo e meno pregevole.

Ora l'anima non isdegnerebbe questa medesima similitudine paragonandosi col corpo; e dicendo alcuno sul fatto loro queste medesime cose, direbbe dirittamente, secondo che a me pare: cioè, che l'anima è durabile più che il corpo, egli è vero, e il corpo è debole e fuggevole più che l'anima; ma che poi ciascuna anima consuma molti corpi, specialmente se ella vive molti anni. E avvegnaché, disfacendosi il corpo, l'anima, mentre l'uomo è vivo, ritessa continuamente quello che si disfà; nondimeno di necessità segue che, perendo l'anima, rimanga ancora l'ultimo suo vestimento, e che però sia ella prima a perire solamente in rispetto a questo: mancata l'anima, allora il corpo fa aperta la infermità sua, e subitamente, la putredine infracidandolo, si scioglie.

E però non c'è da stare in allegrezza, fidando che, morti noi, l'anima viverà ancora in alcun luogo; che se persona, a chi ciò sostiene, ancora concedesse più di quel che tu di', cioè, non pure essere la nostr'anima nel tempo innanzi che nascessimo, ma che nulla toglie che simigliantemente dopo che siamo noi morti, ella sia anima di altri, e poi di altri, e rinasca e muoia molte volte; imperocché l'anima ha natura cosí tenace, che pur molte volte rinascendo, rilutta; e nientedimeno ciò concedendogli, non però gli concederebbe ch'ella dalle frequenti nascite e morti non si spossi in modo, che poi in alcuna delle morti, al tutto venendo meno, non vada in nulla. E direbbegli che niuno conosce quale sia la morte ultima, e quale la dissoluzione del corpo che arreca perdizione all'anima; imperocché ella è cosa, della quale niuno di noi non s'avvede.

Ora se egli è cosí, qualunque uomo fida nella morte, fida stoltamente: se non fosse già ch'egli potesse provare che l'anima è completamente immortale, e però non perisce; ma se no, necessità è che colui il quale deve morire, stia tutto dí in paura e tremore della sua anima, che per avventura ella, disgiungendosi dal corpo, non vada in niente.

XXXVIII.

Tutti a sentir parlare cosí quei due giovani ricevemmo dolore, come s'aperse di poi, l'uno all'altro, parendoci che di nuovo turbassero noi già persuasi pienamente delle ragioni di prima, e che ci gittassero nel dubbio, non solo circa alle ragioni già dette, ma eziandio rispetto a quelle che si potevano dire appresso; nel dubbio che noi non fossimo giudici buoni a nulla, o che la cosa in sé medesima fosse buia.

ECHECRATE Per gl'Iddii vi compatisco, Fedone, perché anche a me che ti sto a udire mi viene nella mente lo stesso dubbio. Dunque da oggi innanzi a qual ragionamento avremo noi ancora fede, se questo di Socrate, cosí chiaro e certo, il dubbio l'ha fatto scuro? Perché, come oggi, sempre m'ha tirato forte a sé l'opinione che la nostra anima sia una certa armonia; e subitamente che ella fu esposta, mi sovvenne che prima pensava cosí anch'io. Ed ecco che ora un'altra fiata, come in sul principio, ho gran bisogno di un ragionamento nuovo che mi persuada che l'anima non muore, morendo noi. Dunque mi di', per Giove, in qual maniera Socrate entrò in disputa e si fe' innanzi a ribattere quegli argomenti; e se egli si mostrò anche un poco turbato come noi, o no, ma sereno venne in aiuto alle sue ragioni; e di' se aiutolle bene, o no: conta tutto, non lasciar nulla.

FEDONE Per certo, o Echecrate, Socrate mi ha fatto tante volte maraviglia, ma non mai cosí come allora che ci era io presente. Che avesse la risposta in su la lingua un come lui, non mi fa specie; ma ciò che mi ha stupefatto, si è prima, ch'egli stette a udire dolcemente e benignamente il discorso dei due giovani, compiacendosene; e poi perciò ch'egli subito si fu accorto dell'impressione fatta in noi dalle loro ragioni; e ancora perché ci porse buono rimedio, e noi fuggitivi quasi e vinti rivocando e incorando, fece sí che rivolto il viso, tenessimo dietro al ragionamento e, in compagnia sua, lo esaminassimo.

ECHECRATE Di',come?

FEDONE Ecco, io mi trovava alla sua destra, presso il letto, su uno sgabello basso; egli poi stava assai piú alto di me. Ora accarezzando egli la mia testa, e lisciando le ciocche dei capelli miei sopra il collo (ché, quando veniagli fatto, era solito di giocare co' miei capelli), disse: - Fedone, domani forse tu reciderai questa bella chioma.

- Sí, o Socrate, - diss'io.

Ed egli: - No, se dài retta a me.

- Perché?

Ed egli: - Ce la recideremo oggi, io la mia e tu la tua, se per disgrazia ci muore il ragionamento, senza che noi lo possiamo revocare a vita. E se io fossi te, e il ragionamento mi venisse meno, giurerei nel modo che gli Argivi, di non mi lasciar crescere mai piú la chioma, innanzi che io, combattendo contro agli argomenti di Simmia e Cebete, non ne avessi vittoria.

E io a lui: - Ma contro due non è buono neanco Ercole, dice il proverbio.

Ed egli: - Chiama anche me, cioè chiama, Ioleo, insino a tanto che è ancora giorno.

- Non già quasi foss'io Ercole chiamo te, quasi tu fossi Ioleo; ma io Ioleo chiamo te, che sei Ercole.

- Va' là, è lo stesso.

XXXIX.

Ma innanzi,tutto badiamo che non ci avvenga una cosa.

- Quale?

- Di pigliare in odio i ragionamenti, come coloro che hanno pigliato in odio gli uomini. Oh! sarebbe questa la piú grande sciagura che potesse patire mai uomo al mondo. E l'odio ai ragionamenti e quello contro gli uomini, nascono a una maniera medesima: imperocché gli uomini ci vengono in odio per ciò che noi poniamo inconsideratamente troppa fede in alcuno, credendolo fedele, sincero, schietto; poi di lí a un poco ci avvediamo che egli è scellerato e infido: e cosí d'un altro, e poi d'un altro, e via seguendo. Ora quando a un povero uomo questo caso tocchi molto spesso, specialmente da parte di quelli i quali teneva per amici sviscerati, alla fine stanco de' molti disinganni, egli odia tutti del pari, e crede che non c'è anima nata un po' schietta. Non ti sei accorto che è cosí?

- Cosí.

Continuò poi: - Or è chiaro, non è brutta cosa che costui, nientemeno senza che abbia l'arte di discernere gli uomini, voglia aver che fare con gli uomini? Che se mai egli conversasse con loro, avendo arte, cosí crederebbe, come è il vero, cioè i buoni uomini e i malvagi esser molto pochi, sí gli uni come gli altri; moltissimi poi quei che sono nel mezzo.

- Come di' tu? - domandai io.

Rispose: - Cosí come dei piccoli e dei grandi; credi tu ci sia per avventura piú rara cosa a trovare che uno molto grande o molto piccolo, o uomo o cane o quale ch'egli sia? o uno molto tardo o veloce, bello o brutto, bianco o nero? Non ti sei tu mai accorto che in ogni simil genere di cose è raro ciò che sta agli estremi, e ciò che sta nel mezzo è molto abbondante? E però non credi tu che se mai si ponesse una gara in malvagità, in questa simigliantemente pochi primeggerebbero?

E io: - Gli è naturale; ma non dico io già ch'egli è da questo lato che i ragionamenti si assomigliano agli uomini; mi ci hai sviato tu, io ti son venuto dietro; ma sibbene io dico che si assomigliano a loro per ciò, che se alcuno, non avendo l'arte logicale, crede vero un ragionamento e poco di poi gli par falso (e a volte è falso, a volte no), e cotesto caso gli avvenga piú d'una fiata; alla fine, e' non crede piú a nulla: e specialmente quelli che sono usati di ragionar d'ogni cosa pro e contro, i quali, tu lo sai, all'ultimo si credono di essere divenuti sapientissimi e d'avere solo essi inteso che non ci è al mondo alcuna cosa né alcuno ragionamento schietto e durabile, ma che tutto, come nell'Euripo, si volge su e giú, in nessun luogo e in nessun momento di ora riposando.

- Verissimo.

Ed egli a me: - Non è adunque cosa miserabile che avendovi de' ragionamenti veri e saldi, facili a intendere, per averne egli sentito di quelli che a volte gli parvero veri a volta no, in cambio d'accagionar sé e il suo difetto di arte, gitti finalmente volentieri da sé la colpa sopra ai ragionamenti medesimi, e passi tutto l'altro tempo di sua vita odiandoli e vituperandoli e sé privando della cognizione dei veraci enti.

E io: - Sí, miserabile cosa davvero.

XL.

- Badiamo adunque a non ci mettere questa idea in capo, che non vi ha alcun ragionamento sano; ma piuttosto che noi non siamo ancora sani, e che si dee procurar di risanare in tutti i modi: tu e gli altri, per ragion della vita; io, per ragion della morte. In vero, che io non son sano, vedesi per ciò che io ora non mi comporto da filosofo rispetto alla morte; ma sí come uno che le cose le piglia di punta, proprio come le persone grosse e materiali; le quali disputando, ancora che stiano in dubitazione, non curano già di trovare il vero com'egli è; ma sí che ciò ch'eglino si son voluti mettere in capo come vero, paia altresí tale a quelli che son presenti; per questo smaniano e affannano. Senonché ci vedo da me a loro questa variazione, che io non m'affanno già perché ciò che dico io paia vero a coloro che qui sono presenti; se mi venisse fatto, tanto meglio; ma sí perché specialmente paia vero a me. Imperocché, caro amico, cosí io ragiono (guarda se non ci è il mio utile), che se egli è vero ciò che dico, è bene che me ne faccia persuaso; se poi non v'ha nulla per colui il quale muore, lamentandomi io in quest'ora che precede la mia morte sarò meno tedioso a coloro che son presenti; ma in me non istarà un pezzo quest'ignoranza (oh! sarebbe un male), ma finirà di qua a un poco. - E poi disse: - Adunque, o Simmia e Cebete, cosí disposto di animo io comincio il ragionamento. Se voi mi date retta, curando poco di Socrate e molto piú della verità, consentite con me, se vi pare che io dica alcuna cosa vera; se no, contrastatemi con ogni argomento: badando bene ch'io accecato dal desiderio, ingannando me e voi insieme, non fugga via a modo che ape, lasciando fitto in voi il pungiglione.

XLI.

Ma via, riducetemi a mente voi ciò che avete ragionato, se io mostro di non ricordarmene. Simmia dubita, cosí penso io, e teme che l'anima, contuttoché divina e bella piú che il corpo, non si disfaccia prima, essendo una specie d'armonia. Cebete poi, secondo che a me pare, mi consente sí che l'anima è piú durabile che il corpo; ma ciò che secondo lui è oscuro a tutti, è se ella, consumato che abbia molti corpi, finalmente in su l'abbandonare l'ultimo non si disperda, e non sia la morte se non questo, dissipamento dell'anima; ché, quanto al corpo, si sa che esso mai non rimane di dissiparsi. È questo o no, Simmia e Cebete, quello che ci conviene esaminare?

Tutt'e due a una voce: - Questo è.

- E le ragioni dette innanzi voi le rigettate tutte, o no? o parte sí e parte no?

Risposero: - Parte sí e parte no.

Ed egli: - Adunque che ne dite voi di quella ragione, per la quale noi affermavamo che lo apprendere è ricordare, e che, essendo ciò vero, è necessario che la nostr'anima abitasse in un altro luogo dove che sia, innanziché si fosse avvinchiata al corpo?

Rispose Cebete: - E allora e al presente questa ragione mi persuase molto; piú che niun'altra.

E Simmia: - Anche me, e bene mi maraviglierei io se la cosa m'avesse mai a parere altrimenti.

E Socrate: - Ma, o tu di Tebe, ella ti ha per necessità a parere altrimenti, se rimani nella opinione che l'armonia è cosa composta, e che l'anima è armonia che procede da un cotale tiramento dei principii e qualità del corpo; ché non t'approveresti manco tu, se dicessi che l'armonia, che è composta, sia prima delle cose le quali la compongono; o credi che sí?

- Manco per idea, o Socrate.

- E non senti che tu di' questo, dicendo che c'era l'anima avantiché entrasse in una corporale forma di uomo, e ch'ella era composta di cose le quali ancora non ci erano? Certo l'armonia neanco per te è quello a che tu la rassomigli: perocché innanzi vi ha la lira e le corde e i suoni non sono ancora accordati; l'armonia poi nasce ultima, e muore prima. Dunque questo che tu di' ora per quale maniera farà accordo con quello che detto hai avanti?

- Per nessuna maniera, - rispose Simmia.

- E pure, - ripigliò Socrate, - se v'ha ragionamento al quale si conviene essere accordato, egli è quello su l'armonia.

- Certo, - disse Simmia.

- Ma tu lo senti: questo non è ancora accordato. Va', dei due concetti del ragionamento, quale scegli tu, che l'apprendere è ricordare, ovvero che l'anima è armonia?

- Il primo, molto piú volentieri; perché il secondo mi si formò nella mente, non per lume di dimostrazioni, ma sí per effetto di certa verisimiglianza o convenienza; su la quale si fondano i piú. E so ben io che i ragionamenti che traggono loro conchiusione dalla verisimiglianza, son vani; e che se uno non istà con tanto di occhi, lo tirano in inganno; sí in geometria, sí nelle altre cose. Ma il ragionamento sul ricordare o l'apprendere, esso si appoggia a una supposizione degna che sia accettata; imperocché si disse ch'egli è cosí vero che la nostr'anima era anco innanzi ch'ella entrasse nel corpo, come vero è che le idee sono, le quali ella vedeva e possedeva e le quali hanno nome di veri enti; e queste idee io le ho accettate a buona ragione, ne son persuaso. Onde è chiaro, ch'io non posso fare accoglienza a un che dica, o che sia io o altri, l'anima è armonia.

XLII.

- E poi di', Simmia: un'armonia, o alcun'altra cosa composta, può avere ella mai diversa natura dei principii che la compongono?

- No.

- E neanco, penso io, può fare o patire diversamente che quelli fanno o patiscono.

- Neanco.

- E però l'armonia non governa i principii dei quali è composta, ma sí da quelli è governata.

Parve cosí ancora a lui.

- Adunque non può essere che l'armonia risuoni o si muova in maniera comechessia contraria a quella delle sue parti.

- Non può essere.

- E che? non è ciascuna armonia tale naturalmente, quale è temperata?

- Non intendo, - egli disse.

- Se ella è per avventura temperata piú e piú intentamente, sarà piú molta e piú intenta; se meno, sarà piú poca e piú lassa.

- È vero.

- E forse cosí simigliantemente avviene all'anima, che possa, pure di piccolissima cosa, una essere in rispetto a un'altra piú o meno anima, piú intenta o piú lassa?

- Non ci è caso.

- Su, via, per Giove, non si dice egli che un'anima ha intelletto e virtú, che è buona? e un'altra che è viziata, che è demente, malvagia? Si dice vero.

- Vero.

- Ora un di questi che suppongono l'anima essere armonia, che cosa dirà mai che sieno nell'anima virtú e vizio? forse un'altra armonia e disarmonia? e che però l'anima buona è armonia bene temperata, la quale ha dentro di sé un'altra armonia; e la malvagia è disarmonia, la quale non ha dentro sé armonia alcuna?

E Simmia: - Non so che dire; ma egli è manifesto che su per giú parlerebbe cosí un che facesse quella supposizione.

Ed egli disse: - Ma dianzi non si convenne che un'anima non può essere in rispetto a un'altra piú o meno anima, piú intenta o piú lassa? che è come a dire che un'anima non può essere piú o meno armonia, né piú intenta né piú lassa a comparazione di un'altra. È cosí?

- Cosí.

- E se ella è armonia né piú né meno, non può neanco esser piú o meno temperata.

- Vero.

- E se ella è temperata né piú né meno, di armonia ne avrà piú o meno, o giusto?

- Giusto.

- E però l'anima, dacché non è piú o meno anima che un'altra, neanco ella è temperata piú o meno che un'altra?

- Neanco.

- E se egli è cosí, può essere ch'ella abbia piú o men di armonia o di disarmonia?

- No.

- E però non può essere che un'anima sia piú o men malvagia o virtuosa rispetto a un'altra, se la malvagità è disarmonia e la virtú armonia?

- Non può.

- Anzi, o Simmia, secondo ragione propriamente, nessuna anima è malvagia, se ella è armonia; imperocché, essendo l'armonia quello che è, schietta armonia, non sarà disarmonia giammai.

- No.

- E però neanche l'anima sarà malvagia, se è schietta anima.

- E come potrebb'essere, dopo ciò che si è detto?

- Adunque, secondo questa ragione, tutte le anime di tutt'i viventi saran per noi buone a un modo, se naturalmente tutte le anime sono anime a un modo.

- Giusto, mi par bene cosí, - disse.

- E ti par anche giusta la detta conclusione, alla quale si verrebbe caso che fosse vera la supposizione che l'anima è armonia?

Rispose: - Manco per sogno.

XLIII.

- E che? - ripigliò, - di tutte le parti le quali sono nell'uomo, dirai tu che signoreggia un'altra, e non l'anima, specialmente se ella è savia?

- Io no certo.

- E signoreggia perciò ch'ella condiscende alle bramosie del corpo, o anche perciò che le rintuzza? Voglio dire: ha il corpo caldo o sete? e l'anima per forza lo tira sí che non beva; ha fame? e lo tira sí che non mangi; e non vediamo noi simigliantemente in infinite altre cose riluttare l'anima al corpo, o no?

- Sí.

- E non si convenne, egli è poco, che se è armonia l'anima, non risonerà ella in contraria maniera di come si tirano, si allentano, tremano e, in genere, di come si muovono le corde dalle quali vien fuori; ma sibbene sarà seguace di quelle, e non le regolerà mai?

Rispose: - Si convenne, come no?

- E che? non ci si mostra ella ora operando tutto il contrario, cioè governando quel corpo medesimo del quale si direbbe ch'ella è fatta, e contrastandogli quasi tutto il tempo della vita, donneggiando in ogni maniera; ora castigandolo piú aspramente facendogli dolore con la ginnastica e con la medicina, ora piú benignamente, ora minacciando, ora ammonendo; e cosí conversando con i desiderii e con le ire e le paure, come un fa con un altro, proprio: siccome poetò Omero nell'Odissea, dove dice che percotendosi Ulisse il petto, rivolse al cuore suo simiglianti parole: «Soffri, o cuore, che bene tu hai sofferto di peggio». E credi tu che Omero abbia cosí fatto, immaginando che l'anima fosse un'armonia, e che ella fosse regolata dalle affezioni del corpo, non già che le regolasse e signoreggiasse, essendo molto piú divina cosa che l'armonia?

- Per Giove, mi par bene cosí, o Socrate.

- Dunque, o bonissimo uomo, non istà bene che noi diciamo che l'anima è un'armonia; imperocché si vede che dicendo noi cosí né ci concorderemmo con Omero, divino poeta, e manco con noi medesimi.

Disse: - Cosí è.

XLIV.

E Socrate: - L'armonia tebana, via, mi par un po' raddolcita e poi, voltosi all'altro, disse: - E Cadmo, o Cebete, come e con che ragionamento lo abbonazzeremo?

- Oh lo troverai bene tu, - rispose Cebete, - tu che hai fatto un'assai mirabile battaglia contro all'armonia, e non me lo pensava; perché, mentre Simmia stava lí sponendo i suoi dubbi, io diceva dentro me: non è possibile cosa combatterli; immagina poi la maraviglia mia quando io vidi che manco sostenne egli la prima percossa del tuo argomentare. Onde non mi farei caso io che al tuo Cadmo toccasse la medesima sorte.

- Non magnificare, o buono uomo, - rispose Socrate, - perché alcuna malia non istravolti il ragionamento che s'ha a fare. Ma va' là, ci penserà Dio. Noi, per dirla omericamente, incedendo e facendoci dappresso, tenteremo quel che tu di', se è alcuna cosa. Ciò che tu domandi, in sostanza è questo: tu vuoi che ti si faccia chiaro che la nostr'anima è secura di perdizione e immortale: se pure un ch'è filosofo ed è in sul morire, credendo che dopo morto se la passerà meglio che se menato avesse quaggiú vita diversa, non ha fiducia sciocca e pazza. Mostra pure, mi dirai tu, che l'anima è alcuna cosa possente e simile a Dio, e che ella era avanti che noi fossimo generati; ma questo non significa però ch'ella è immortale, no: significa solo che ella è molto antica, e che prima è vissuta in alcuno luogo per ismisurato spazio di tempo, e che molte cose sapeva ed operava: anzi non che essere perciò piú immortale, la sua entrata in un corpo umano, come pestilenza ciò fosse, a lei è principio di consumamento; e, passando la sua vita in mezzo a guai, da ultimo in quello che si addimanda morte si spegne. Ora niente fa se ella è entrata nel corpo una volta sola o molte; imperocché conviene stare similmente in paura: se pur non è stolto chi non sa o non ha ragioni a dire che ella è immortale. Sono queste su per giú, o Cebete, le cose che tu di'; e a posta io te le ripiglio piú volte, acciocché non ci scappi nulla, e tu abbi comodità di aggiungere o levare, se ti piace.

E Cebete: - Per ora non ho da aggiungere né levare: sí, queste son le cose ch'io dico.

XLV.

Socrate stette un pezzo sopra di sé, e pensò; poi disse: - Non è una piccolezza quella che tu domandi; da poi che bisogna investigare la causa della generazione e della corruzione. Al qual proposito, se vuoi, ti conterò ciò ch'è accaduto a me; e se alcuna cosa di quelle che dico io, ti par che possa giovarti perché tu ti raffermi meglio nelle cose che di' tu, giovatene.

- Sí, me ne vo' giovare, - disse Cebete.

- Stammi dunque a udire, ché te lo conto.

Io, o Cebete, da giovane aveva un desiderio vivissimo di cotesta sapienza, la quale è chiamata conoscimento della natura. Oh parevami maravigliosa cosa conoscer le cagioni di ciascun ente; perché si genera, perché si corrompe, perché è! E molte volte la mente mi andava su e giú, cercando primieramente se quando il caldo e il freddo dànno in putredine, se allora, come dicono alcuni, si creano gli animali? e se è il sangue quello col quale pensiamo, ovvero l'aria o il fuoco? o se niente di tutto questo, ma sibbene è il cervello quel che porge le sensazioni dell'udito e della vista e dell'olfatto; dalle quali si generano memoria e opinione, e dalla memoria e dalla opinione, posate che siano, si genera la scienza? Ma riguardando poi alla corruzione di cotali cose, e ai mutamenti del cielo e della terra, io da ultimo tanto sciocco a cotale esame parvi a' miei stessi occhi, quanto non fu niuno mai al mondo. Ti basti questa prova, che tutto quel ch'io vedeva chiaro secondoché a me pareva e agli altri, allora, accecandomisi la vista per cagione di codesto esame, mi si fece scuro sí, che io disappresi sin quello che prima mi figurava di sapere. Fra le altre ne vo' contare una: prima, la ragione perché l'uomo cresce, mi parea cosa molto chiara; cresce per il mangiare ed il bere: imperocché, il cibo scernendosi, le carni vanno alle carni, e le ossa alle ossa, e ogni altra cosa va alla sua compagna; e allora la mole da poca si fa molta, e il piccolo uomo si fa grande. Cosí credeva io allora: non ti par giusto?

- A me sí, - rispose Cebete.

- E guarda quest'altra: io mi pensava che quando un uomo stando accosto a uno piccolo par grande, egli fosse piú grande della testa: e cosí similmente d'un cavallo con un cavallo. E te ne dico un'altra che mi pareva piú chiara: il dieci mi pareva essere piú che otto, per la sopraggiunta di due; e il bicubito essere piú che il cubito, perché lo avanza della metà.

- E, al presente, che te ne pare?

- Per Giove, a me pare esser ben lungi dal credere di sapere la cagione di alcuna di tali cose, io che non son capace di poter intendere come, allorché persona aggiunge uno a uno, l'uno al quale fu aggiunto l'altro, diventi due; ovvero come l'uno che s'aggiunse e l'altro al quale fu aggiunto, diventino due solo per l'aggiunzione dell'uno all'altro. Ché mi fa maraviglia se quando l'uno e l'altro se ne stavano spartiti, ciascuno era uno, e non eran due; e tostoché si furono accostati, questo convenire, questo accostarsi, fosse a loro cagione che diventassero due. E non sono pure capace d'intendere, se alcuno spartisca l'uno per lo mezzo, come questo spartire sia cagione ch'egli diventi due; perché ora questa cagione del diventare due, è tutta contraria a quella ond'ei diventava due allora. Allora cagione del diventare due era lo accostamento e l'aggiunzione d'uno all'altro; ora poi è il discostamento e la disgiunzione di un dall'altro.

XLVI.

Ma io udii una volta un certo, che leggeva un libro ch'egli diceva essere d'Anassagora; leggeva: «La mente è quella che fa e dispone tutte le cose». Onde io n'ebbi allegrezza, e mi parve che in certo modo stesse bene a dire che essa è la cagione dell'universo; e dentro me cosí ragionai: «Se egli è vero che proprio la mente ordina tutte le cose, ella dovrà disporre ciascheduna nella forma piú buona che mai si possa pensare, e però dove alcuno voglia ritrovare la cagione di ciascheduna cosa; cioè come ella si genera, come perisce, com'è; convien che ritrovi quale sia per lei la piú buona maniera di essere, o di patire, o di fare. Secondo questa norma non dee alcuno considerare sul conto suo e sul conto delle altre cose, se non ciò che è il meglio; s'intende che bisogna conoscere anche il peggio, perché la scienza del meglio e del peggio, rispetto alle medesime cose, è una medesima». Cosí ragionando col cuore mio, era tutto consolato, e mi figurava d'aver già bello e trovato il maestro delle cagioni degli enti proprio come lo voleva io, quest'Anassagora. Mi pensava: «E' mi dirà in prima se la terra è piana o ritonda. Detto questo, mi chiarirà la cagione perché cosí è necessario ch'ella sia, mostrandomi il meglio: cioè che per lei terra il meglio è d'essere piana o ritonda. E caso che mi dirà ch'ella è nel mezzo, mi chiarirà come alla terra il meglio è d'essere nel mezzo». E se mi chiariva questo, io m'era acconciato a non voler sapere d'altra sorta di cause. Cosí del sole, m'era apparecchiato a udire la medesima dichiarazione; e cosí della luna e degli altri astri e de' loro corsi e rivolgimenti e apparimenti diversi; cioè che a ciascuno di essi il meglio è che faccia quel che fa, e patisca quel che patisce: ché non mi figurava mai che un che dice che essi furono ordinati dalla mente, assegnasse loro cagione alcuna, salvo questa, cioè che il loro meglio è di essere come sono. In somma, diceva io: volendo egli assegnare la cagione di ciascuna cosa in particolare e di tutte in comune, mostrerà ciò che è il meglio a ciascuna e a tutte. E questa speranza io non la barattava per tutto l'oro del mondo; anzi recatomi con grande sollecitudine in mano i libri, me li lessi tutti a gran fretta come poteva, dalla voglia di conoscere subito il meglio e il peggio.

XLVII.

Ma questa molto maravigliosa speranza, amico, ecco che se ne va da me via e sparisce: perché, andando un poco avanti con l'occhio e leggendo, vedo il mio bravo uomo che della mente non si giova proprio nulla, né riferisce l'ordine del mondo ad alcuna cagione vera, ma sí ad arie ed eteri e acque e ad altre cotali cose strane. E parvemi il caso mio, proprio come se alcuno dicesse: «Socrate, tutto ciò che fa, lo fa colla mente»; ma poi quando si mette a dire a una a una che le cagioni delle cose che io fo, dice in prima, che io sto seduto qui perciò che il mio corpo è fatto di ossa e di nervi, e le ossa sono salde e hanno giunture che le collegano, e perciò che i nervi sono atti a distendersi e a rilassare, involgendo le ossa con le carni e la pelle che ricuopre le carni; ed essendo le ossa movevoli nelle commettiture, lasciandosi e distendendosi i nervi, e' fanno sí che io possa piegare le mie membra; e avendole piegate, ecco perché io me ne sto ora qui a sedere. E poi, quanto al conversare che ora fo con voi, egli mi mette innanzi ragioni simiglianti, cioè voci e arie e uditi; e piglia infinite altre cose di questa fatta come ragioni, e la ragion vera la abbuia; la quale è, che da poi che agli Ateniesi fu avviso di essere meglio condannarmi, anche a me parve meglio star qui a sedere, e piú giusto stare qui a pagar la pena che domanderanno: se no, da un pezzo, per il cane, cotesti nervi e coteste ossa se ne stavano, o appresso ai Megaresi, o ai Beozii, portate dall'idea del meglio; se anziché scappare, come dico, non reputava piú giusto e bello pagare alla città qualunque pena ella volesse. Ma, chiamar cagioni coteste, i nervi, le ossa e altre simili cose, gli è molto strano! Se mi dice che senza essi non potrei fare quello che io voglio, e' dice bene; ma a dire che io, mentre adopero la mente, fo quello che fo, proprio per virtú loro e non già per virtú della elezione del meglio, eh sarebbe il suo un ragionar di uomo pigro assai e sciocco. Come! non esser buoni a discernere che altra è la cagion vera, altro il mezzo senza del quale la cagione mai non sarebbe cagione? Niente di meno brancolando i piú come nella tenebra, usando di nome estranio, chiamano cosí il mezzo, come se fosse la cagione medesima. E però alcuno, avvolgendo la terra di turbine veniente dal moto del cielo, ferma la terra. E altri poi le pone di sotto l'aria come fondamento, quasi che una madia piatta ella fosse. Ma la virtú per la quale terra e aria e cielo ora sono disposti il meglio che si poteva, questa né cercano né credono che abbia divina possanza, e s'immaginano d'aver trovato un Atlante piú forzuto di lei e immortale, che con maggiori forze sorregge il mondo; il bene poi credono che né tenga né leghi, il quale è legame vero. Io mi sarei fatto molto volentieri discepolo di qualunque uomo, per apprendere come ella sia questa cagione; ma poiché ciò non mi venne fatto, non potendo ritrovarla da me né apprenderla da altri, io mi fui messo, non piú veleggiando, ma a forza di remi, a cercar di lei. Vuoi sentire come, o Cebete?

- Altro se voglio, - rispose.

XLVIII.

Ed egli: - Dopo ciò, essendo io stracco di riguardare le cose, mi parve avessi bene a badare che non m'incontrasse come a coloro che guardano e considerano il sole quando eclissa: perché ci consuman gli occhi, se non li rivolgono alla sua immagine specchiata in acqua, o vero in altra simile cosa. Pensai a questo, ed ebbi paura che l'anima mi accecasse, riguardando io alle cose pure cogli occhi, e procurando con tutt'i sensi di coglierle. E però mi parve necessario che, rifugiandomi io nelle ragioni, in quelle riguardassi la verità loro. Forse la similitudine non istà bene; ché io non concedo pienamente che colui che riguarda le cose nelle ragioni, piuttosto le riguardi in immagini, che nel loro essere. Comunque sia, io presi questa strada, e ogni volta supponendo una ragione, quella che mi par piú forte, giudico vero ciò che si concorda con essa; o che la questione s'aggiri su le cause o su altro argomento; ciò che no, non vero. Ti vo' parlar piú chiaramente, perché tu non m'hai ancora inteso, credo io.

- Bene bene, no, - rispose Cebete.

XLIX.

Ed egli a lui: - Io dico ciò che sono usato di dire tutte le volte, e che toccai anche ora: nulla di nuovo; dico di quella specie di cagione la quale io ho cercato con amore. E te la vo' chiarire; e però nuovamente torno a quell'idee oggimai famose, e da esse incomincio, supponendo che ci sia e un bello per sé, e un grande, e cosí seguendo: le quali idee se mi concedi che ci sono veramente, spero, pigliando io le mosse da quelle, di ritrovare e mostrare perché è immortale l'anima.

E Cebete rispose: - Va', io te lo concedo; tira a conchiudere.

E l'altro: - Dacché me lo concedi, guarda ora se ci concordiamo tu e io rispetto a quello che segue.

A me pare se v'ha cosa alcuna bella oltre all'istessa bellezza, che per niun'altra ragione sia bella, se non perché partecipa alla bellezza; e cosí di ogni cosa. Acconsenti tu a questa tale cagione?

Rispose: - Acconsento.

- Adunque, - ripigliò, - le altre cagioni, quelle sapienti e molto sottili, io non le intendo e non le posso conoscere. Tantoché se alcuno, d'una cosa bella mi dice, ch'essa è bella per il suo color vivo o la figura o altri simili pregi, io queste ragioni le lascio andare; ché ci perdo la testa; e solo questo dentro me credo fermamente, con semplicità sciocca e forse dabbenaggine, che niuna altra ragione la fa essere bella, salvo che la presenza o la comunione di quella bellezza, comunque ciò avvenga, ché non lo so di certo; ma quello che io so di certo e sostengo, è, che per la bellezza tutte le cose belle son belle. E rispondendo cosí io o altri, penso che si sta sul sicuro; e tenendomi io forte a questa risposta, non credo d'aver mai a cascare; ella è, come dico, una risposta sicura questa: le cose belle son belle per la bellezza. Oh! non par anco a te?

- Pare.

- E simigliantemente per la grandezza le cose grandi sono grandi, e le maggiori, maggiori; e per la piccolezza le cose minori son minori.

- Vero.

- E però se mai alcuno afferma che uno è maggior d'un altro della testa, e questo è minore di quello, anche della testa, non consentirai a lui, ma sí gli dirai franco che tu nulla affermi, se non che ogni maggiore d'un altro, in niuna cosa e per niuna cosa egli è maggiore, se non in grandezza e per grandezza; e che il minore, in niuna cosa e per niuna cosa è minore, salvo che in piccolezza e per piccolezza; avendo tu paura, mi penso, che a dire tu essere alcuno maggiore o minore della testa, non ti si opponga, in prima, ch'egli è impossibile che per una medesima cosa il maggiore sia maggiore, e il minore minore; e poi, ch'egli è anche impossibile che per la testa, che è piccola, il maggiore sia maggiore; ch'e' sarebbe veramente un miracolo, se cosa grande ci fosse per cagione di cosa piccola. O non temeresti tu queste opposizioni?

E Cebete: - Io sì -; e ride.

E Socrate: - E però temeresti anco a dire che il dieci è più dell'otto, di due e per cagion di due, non di pluralità e per cagion di pluralità; e che il bicubito è più grande del cubito, di metà, e non di grandezza: ché alla fine l'è la stessa paura.

- Certo, - rispose.

- E che? non temeresti a dire che, aggiungendo l'uno all'uno, ovvero l'uno ispartendo, l'aggiungimento o lo spartimento è cagione che l'uno divenga due? e non grideresti forte, che tu non sai come possa in altro modo nascere cosa alcuna, se non partecipando della essenza della quale ella partecipa? e che però in tale caso tu non hai altra ragione per chiarire il nascere del due, salvo questa, la partecipazione alla dualità? E diresti che bisogna bene che partecipi della dualità ciò che vuol esser due, come dell'unità ciò che vuol essere uno: e via cotesti spartimenti, via cotesti aggiungimenti e simili lepidezze, le quali lasci a quelli più sapienti di te; laddove tu, temendo la tua spratichezza, temendo fin la tua ombra, come si dice, risponderesti come detto è, appigliandoti a quel supposto sicuro. Se poi alcuno te lo combattesse, lo lasceresti andare, non rispondendogli infino a che non avessi considerato se al tuo vedere i conseguenti di quello si concordano o no. E se ti convenisse render ragione del supposto medesimo, tu ciò faresti montando a un altro supposto, di quelli più in su, che ti paia il meglio; e via via, infino a che tu non pervenissi ad alcuno degli enti che è da sé chiaro. E volendo ritrarre alcuno de' veri enti, non rimescoleresti come quelli disputanti pro e contro, parlando del principio e di tutto ciò che ne segue, con confusione. Tanto quelli all'ordine non ci badano, né voglion saperne: perché avendo nascosa in petto la sapienza, anche a confondere ogni cosa piacciono a sé medesimi; ma se tu sei filosofo, farai, credo, al modo che io dico.

E Simmia e Cebete, a una voce: - Dici verissimo.

ECHECRATE E sí che avean ragione, per Giove; ché mi pare, o Fedone, ch'egli abbia loro esposte le cose in modo sí maraviglioso, che fino a un ch'è di piccolo intendimento riesciuerebbero chiare.

FEDONE E chiare riescirono a tutti quelli che erano presenti.

ECHECRATE Sfido io, se anche a noi che eravamo lungi e le sentiamo ora! E che disse dopo?

L.

FEDONE A quel che mi ricordo, poi che gli fu conceduto che le specie non sono un nulla, e che le altre cose, partecipando di quelle, da quelle prendono loro nome, dimandò: - Dacché me lo concedi, di': quando affermi che Simmia è piú grande di Socrate e piú piccolo di Fedone, non affermi tu allora che sono in Simmia tutte due le cose, grandezza e picciolezza?

- Io sí.

E seguitò: - In vero tu consenti che Simmia supera Socrate, non già proprio al modo come si dice con le parole; perché Simmia non supera naturalmente Socrate per ciò ch'è Simmia, ma sí per cagion della grandezza che gli toccò ad avere; e neanco egli supera Socrate perciò che Socrate è Socrate, ma sí perché in Socrate è picciolezza rispetto alla grandezza che è in lui.

- Vero.

- E consenti che egli è superato da Fedone, non perciò che Fedone è Fedone, ma sí perciò che in Fedone è grandezza rispetto alla picciolezza che è in Simmia?

- Cosí è.

- Simmia, dunque, ha nome di piccolo e grande, essendo egli nel mezzo ai due, superando con la grandezza sua la piccolezza dell'uno, e lasciando la piccolezza sua superare dalla grandezza dell'altro -. E disse, sorridendo: - Eh pare il mio un parlar da notaio! ma alla fine la va come io dico.

E l'altro abbassò la testa.

Ed egli: - Ti parlo cosí dal desiderio che io ho che la cosa paia a te come a me. A me pare che non sola la grandezza che è da sé non voglia mai essere grande e insieme piccola, ma che altresí la grandezza che è in noi non riceva mai picciolezza e non voglia mai essere superata; ma una delle due, o fugge quando le si accosti il contrario suo, la picciolezza; o, sopravvenendo quella, isvanisce: ma di rimanere, ricevere la piccolezza, divenire altro da quel ch'era innanzi, non ne ha voglia. Da altra parte, come io che ho ricevuto la piccolezza, la porto, e insino a tanto che io sono io, son sempre piccolo (la grandezza no, non vuol farsi piccola); similmente la piccolezza ch'è in me, non vuole mai divenire né essere grande, e neanco mutarsi in niuno altro de' suoi contrarii insieme permanendo nell'essere suo, ma, in questo caso, fugge o isvanisce. E Cebete: - Cosí par a me.

LI.

Udendo ciò uno de' presenti, non mi ricordo chi fosse: - Per gl'Iddii, - egli disse, - ragionando noi prima, non si convenne del contrario di ciò che si afferma ora? non si convenne che dal piú piccolo si genera il piú grande, e dal piú grande il piú piccolo? in somma, che i contrarii nascon dai contrarii?

E Socrate, udendo lui, sporse il capo, e disse: - Bene ti sei ricordato: ma non hai però inteso la differenza fra quel che si dice ora e quel che detto si è prima. Prima si è detto che da cosa contraria nasce cosa contraria; ma ora si dice che il contrario schietto non può divenire mai al contrario suo, non pure in noi, ma neanco nella natura. Imperocché allora, o amico, si ragionava delle cose che ricettano i contrarii, ricevendo i nomi di quelli; e ora si ragiona de' contrarii medesimi, i quali dànno alle cose loro nome, in esse abitando; e i contrarii schietti mai non diciamo che voglian nascere l'uno dall'altro -. E, dicendo questo, volge gli occhi a Cebete e domandagli: - Forseché, o Cebete, ha turbato anche te alcuna delle cose dette da lui?

- Ora no, - rispose Cebete; - sebbene de' pensieri che mi turbano ne ho, e molti!

- Adunque siamo bell'e accordati che un contrario non può essere mai il contrario suo.

- Oh sí.

LII.

- Ora, bada se anche in questo si va di accordo: di' tu essere qualcosa il caldo e il freddo?

- Io sí.

- Forse neve e fuoco?

- No, per Giove.

- E di' tu il caldo essere altro che il fuoco, e il freddo altro che la neve?

- Sí.

- Ora cosí par a te, penso, come detto è innanzi, che la neve, ricevendo il caldo, non può rimanere ciò ch'era, neve, e insieme esser calda; ma, appressandolesi il caldo, fugge o si scioglie.

- Certo.

- E simigliantemente il fuoco, accostandoglisi il freddo, o fugge o si spegne; perocché non sosterrebbe mai, accogliendo il freddo, essere ciò ch'era, fuoco, e esser freddo.

E l'altro: - Dici vero.

Ed egli: - Adunque non pure la specie che è da sé vuole avere sempiternamente suo nome, ma lo vuole anche la cosa, la quale ogni volta che comparisce nel mondo, ha la forma di quella, senza essere quella. Via, gli esempii ti chiariranno meglio ciò che io intendo. Il dispari dee sempre avere questo nome di dispari, o no?

- Sí.

- Ed egli solo fra gli enti (qua batto io, con la mia dimanda), o v'ha alcun altro che non è il dispari, e nondimeno oltre al nome suo vuole anco quello di dispari, perché ha tale natura, che dal dispari egli mai non si parte? il ternario, per esempio, e tant'altre cose. Ma considera il ternario; non par a te, oltre al suo nome, gli s'ha a dare eziandio quello di dispari, avvegnaché il dispari e il ternario non siano il medesimo? E come il ternario anco il quinario e tutta la sequenza dei numeri che son metà, non doppii; perocché, sebbene non siano il dispari, sono sempre dispari. E similmente il due e il quattro e tutta l'altra sequenza dei numeri doppii, sebbene non siano una medesima cosa col pari, son sempre pari. Me lo concedi, o no?

- Come no? - rispose.

Ed egli: - Ecco ciò che io ora voglio chiarire, che non solo i contrarii schietti non si fanno accoglienza scambievolmente; ma eziandio tutti quegli enti i quali non sono contrarii per sé, ma ricettano in sé i contrarii, non mostrano per niuno modo di volere ricevere l'idea contraria a quella ch'essi ricettano; anzi, sopravvenendo quella, s'abbuiano, o scappano. O non è vero che il tre patire vuole ogni ingiuria, e sino spegnersi, innanziché sopportare che, essendo tre, divenga due?

- Per certo, - disse Cebete.

- E nondimeno, - seguitò egli, - il due non è contrario al tre.

. No.

- Adunque, non le sole specie contrarie per diretto, non sopportano che una occupi l'altra; ma eziandio altre specie, non sopportano cosa simile.

E Cebete: - Dici verissimo.

LIII.

E Socrate: - Vuoi che definiamo, se pure siamo buoni, quali sono queste altre specie?

- Sí, voglio.

- Forse, o Cebete, son quelle, che, occupando una cosa, non pure la costringono a ricevere loro forma, ma eziandio a non ricevere forma niuna che contraria sia a quella?

- Come di' tu?

- Come dicevamo poco fa: tu sai che l'idea tre, quando occupi una cosa, non pure la fa essere tre, ma anche dispari?

- Lo so.

- E ora aggiungiamo che l'idea contraria a quella la quale fa che alcuna cosa sia dispari, a questa cosa mai non si può accostare.

- No.

- E non era l'idea del dispari quella che facea dispari?

- Sí.

- E contraria a questa idea non è quella del pari?

- Sí.

- Adunque a cosa che sia tre giammai non si accosterà la idea del pari?

- No certamente.

- Adunque il tre è privato del pari?

- Privato.

- Adunque la triade è dispari.

- Sí.

- È proprio quello che io volea definire, cioè, quali son quelle specie che, sebbene non sian contrarie a una tal specie, nientedimeno non la voglion ricevere: per esempio, la triade non è contraria al pari, e non però lo riceve; per la ragione ch'ella reca sempre con sé il contrario del pari: cosí di' pure della diade rispetto al dispari, e del fuoco rispetto al freddo, e di tant'altre cose. E ora bada se questa definizione ti garba, cioè che non solo il contrario non riceve il contrario, ma anche ogni idea la quale, dove che ella vada, meni seco un'altra idea, non riceve mai il contrario di questa sua compagna. Te lo rammento di nuovo; già stare a udire una cosa piú volte, non è male; ecco, il cinque mai non riceverà l'idea del pari, né il dieci o il doppio riceverà quella del dispari. In vero, sebbene il doppio sia contrario a un altro, non già al dispari, nondimeno l'idea del dispari non la riceverà mai; né l'uno e mezzo, e il mezzo, e simili, riceveranno l'idea dell'intero; e neanche la riceverà il terzo e quel che secondo questa ragione vien dopo: cosí ti parrà, se tu mi tieni dietro con la mente e la vedi come la vedo io.

- La vedo come te io, e ti tengo dietro.

LIV.

- Orsú di nuovo e da capo: e non vo' che tu mi risponda con l'istessa parola, con la quale io domando, ma con altra, imitando me. Dico io cosí perché oltre alla sicura risposta di prima, dopo ciò che si è ragionato ora, ne vedo un'altra simigliantemente sicura.

Badami: se tu domandassi a me, che mai s'ha a generare in un corpo perché venga caldo, io non ti farei quella risposta sicura sí, ma insipiente, dicendo, La caldezza; ma sibbene, secondo che s'è ragionato, te ne farei una piú sottile, dicendo, Il fuoco. E se mi domandassi che mai si ha a generare in un corpo, perché egli infermi, non ti risponderei, Il morbo; ma sibbene, La febbre. E se mi domandassi che s'ha a generare in un numero acciocché venga dispari, non risponderei, La disparità; ma sibbene, La monade: e cosí seguendo. Hai tu inteso bene ciò che voglio io?

- Bene assai, - rispose.

- Su via, rispondi tu a me: che s'ha a generare in un corpo, perché venga vivo?

E colui: - L'anima.

- Sempre cosí?

- Come no?

- E sempre dov'entra l'anima, entra ella arrecando vita?

- Sí.

- Ora ci è alcuna cosa contraria a vita, o no?

- Ci è, - disse.

- Che è?

- Morte.

- Adunque l'anima giammai non riceverà il contrario di ciò ch'ella arreca, siccome segue da tutto quello che detto è innanzi e di accordo.

- Sí, segue, - disse Cebete.

LV.

- O come si è chiamato testè quello che non riceve l'idea del pari?

- Dispari.

- E quello che non riceve la giustizia o la musica?

- Senza muse; l'altro, ingiusto.

- Bene: e quello che non riceve morte, come lo chiamiamo?

- Immortale, - rispose.

- Ora l'anima riceve morte?

- No.

- Adunque ella è immortale. E ciò è dimostrato oramai: o che ti pare?

- Sí, e chiaramente.

E Socrate: - Poniamo che il dispari fosse non perituro necessariamente, non sarebbe anche non perituro il tre, o Cebete?

- Come no?

- E però se cosí fosse anche il freddo, non perituro per necessità, quando alcuno facesse caldo alla neve, fuggirebbe ella via, salva e non isciolta, non potendo disfarsi e manco restare e ricevere il calore.

- Dici vero.

- E cosí io credo simigliantemente, che se il caldo fosse non perituro, quando alcuna cosa fredda venisse incontra al fuoco, il fuoco non si spegnerebbe mai, né dissiperebbesi, ma se ne anderebbe via salvo.

- Di necessità.

- E non è di necessità che si abbia a dire il medesimo di ciò ch'è immortale? cioè, se anche esso è non perituro, essere non può che perisca l'anima, sopravvenendole morte; imperocché, siccome segue dalle cose dette innanzi, ella non riceve morte e non può morta rimanere: cosí come non è pari il tre e neanco il dispari; come non è freddo il fuoco, e neanco la caldezza che è nel fuoco. Opporrà alcuno: «E che toglie, non già che il dispari, sopravvenendo il pari, si faccia pari, ma sí, secondoché ci accordammo, che, perendo esso, il pari nasca nel luogo suo?»

Contro a colui che affermasse tali cose, e' non ci sarebbe da battagliare dicendo che non dee perire il dispari: imperocché egli è perituro. E noi consentendo in ciò, si potrebbe sostenere facilmente che, sopravvenendo il pari, il dispari e il tre vanno via: e potrebbesi dire il medesimo del fuoco, del caldo e delle altre cose, o no?

- Sí.

- E tornando noi all'immortale, se ci concordiamo ch'egli è non è perituro, l'anima, da poi che è immortale, non perisce: se poi no, ci bisognerà un'altra ragione.

- Oh! non ce n'è bisogno per questo; ché mal potrebbe alcuna altra cosa essere incorruttibile, se l'istesso immortale venisse a corruzione, il quale è eterno.

LVI.

E Socrate disse: - Veramente io penso che si consenta da tutti, che Iddio mai non perisce, né la specie medesima della vita, né alcun'altra cosa, se è immortale.

E l'altro: - Sí da tutti gli uomini, e maggiormente dagl'Iddii, per Giove.

- Ora se ciò ch'è immortale è incorruttibile, non segue che se mai l'anima è immortale, ella è secura da corruzione?

- Di necessità.

- E però sopravvenendo morte all'uomo, chiaro è che muore la parte sua che è mortale; ma l'altra, che è immortale, sfugge alla morte e vassene via sana e salva?

- Chiaro.

- Adunque, Cebete, l'anima è immortale e incorruttibile piú che ogni altra cosa; adunque saranno veramente le anime nostre in inferno.

E quegli: - Non ho che addurre contro a ciò che tu di'; io ci credo: ma Simmia, o altri, se ha mai a dire nulla, non stia zitto; perché non vedo a quale altro tempo possa indugiare chi desidera dire o ascoltare alcuna cosa intorno a tale questione, passata che è quest'ora.

E Simmia: - Anch'io ci credo; se non che la grandezza del soggetto, e la mia piccolezza come uomo, mi fanno tuttavia stare in dubitazione di ciò che si è ragionato.

E Socrate: - Tu di' bene, o Simmia: anzi, anche le supposizioni di prima, bisogna considerarle con maggior diligenza, avvegnaché vi paiano certe. E se le esaminerete convenevolmente, ne intenderete, come credo, la ragione, quanto intendere può un uomo. Una volta inteso chiaramente questo vero, non cercate piú oltre.

E Cebete: - Dici bene.

LVII.

Ed egli ripigliò, e cosí disse: - Ma convien considerare questo, o amici: se l'anima è immortale, bisogna curare di lei, non solo per questi pochi dí che noi chiamiamo vita, ma sibbene per il tempo futuro; ché il pericolo apparisce ora terribile, se non se ne ha cura. Imperocché se la morte fosse veramente separazione da ogni cosa, sarebbe guadagno a' malvagi liberarsi dal corpo e dalla malvagità insieme con l'anima. Ma ora da poi che manifesta cosa è ch'ella è immortale, non le rimane niuno altro rifugio dai mali e niuna salvezza, eccetto ch'ella sia molto buona e savia; imperocché l'anima va in inferno non avendo altra compagnia se non i suoi pensamenti ed i suoi costumi: i quali, come si racconta, sono ai morti di grande utilità o danno tosto ch'eglino sono per entrare in cammino verso l'inferno. E raccontasi questo, che come uno è morto, il demone suo, al quale toccò avere in custodia lui da vivo, prende a menarlo verso a un tale luogo dove si hanno a ragunare le anime per essere giudicate, per andare poi in inferno, ciascuna con quella guida alla quale fu commesso d'accompagnare coloro che di qua si partono. Poi ricevuto quello che hanno a ricevere, e rimaste quanto bisogna, dopo molti e lunghi giri di tempo altra guida le rimena qua nuovamente.

La via non è piana, né una sola, come dice il Telefo di Eschilo: dice egli in vero che una sola via e diritta mena in inferno. Ma a me non par diritta né una; se no, non c'era bisogno di guide, ché nessuno mai sbaglierebbe la via se fosse una. Al contrario pare che quella abbia ad avere molti spartimenti ed avvolgimenti: dico io cosí, argomentando dai nostri riti e sante cerimonie. Adunque l'anima ch'è temperata e savia, segue la propria guida, non ignorando la fortuna sua; ma quella che è avida del corpo, come io dissi innanzi, lungo tempo tirata verso il mondo visibile, riluttando e sofferendo molto, cacciata a forza ed a stento dal Genio che le fu ordinato, in ultimo si parte. E pervenuta dove le altre, se ella d'alcuna impurità si è macchiata, ovvero s'ella s'è iscellerata in inique uccisioni o in cotali altre malvage opere degne di cotali anime malvage; questa tale tutti scansano e fuggono, e niuno le vuole essere compagno e guida. E allora, tutta dolorosa, povera, ella va errando; insino a tanto che vengano alcuni tempi, i quali compiuti, è da necessità portata nell'abitazione che le conviene. Quella, per lo contrario, che pura e modesta ha passato la vita sua, avendo Iddii a compagni e a guide, anch'essa va nel luogo a lei convenevole.

LVIII.

Nella terra poi sono molti mirabili luoghi, ed essa non è quale né quanta è immaginata da quelli che sono usati di favellarne, secondoché io fui persuaso da un tale.

E Simmia: - Come di' tu questo, o Socrate? io pure udii molte cose della terra, ma non quelle che han persuaso te; e però udirei molto volentieri.

- Non mi pare, Simmia, ci sia bisogno dell'arte di Glauco per esporre come elle sono; a provar poi che son vere, l'arte di Glauco manco ci arriverebbe. Da altra parte, io non saprei, e sapendo, mi pare che non basti la vita, dico la mia, alla lunghezza del ragionamento; pure nulla toglie che io dica l'idea della terra quale io me la sono fatta, e i luoghi suoi.

E Simmia: - Questo ci basta.

- Io primieramente sono persuaso, - egli disse, - che se la terra è rotonda ed è nel mezzo del cielo, ella non ha necessità di aria perché non cada, né di altro sostegno; e che a tenerla è assai la somiglianza del cielo, che è perfetta da ogni parte, e il suo equilibrio medesimo; imperocché ogni cosa che sia librata nel mezzo d'alcun'altra, la quale sia verso di sé tutta somigliante, non potrà inchinare da nessun lato, né piú né meno; rimane diritta: ecco la prima cosa della quale sono persuaso.

- Giusto, - disse Simmia.

- E oltre a ciò, ch'ella è maravigliosamente grande; e noi abitiamo dal fiume Fasi infino alle colonne di Ercole, in un piccolo spazio; standocene presso alle rive del mare, come formiche o ranocchie presso le rive di un pantano. E c'è altri molti che abitano altrove in molti simili luoghi; imperocché intorno alla terra sono molte conche di forme e grandezze di ogni fatta, entro alle quali si accoglie l'acqua e la nebbia e l'aria: ma essa terra è pura, ed è posta in un puro cielo, nel quale sono gli astri; cielo che è chiamato etere dai molti che sono usati di favellare di tali cose; del quale cielo sono come una posatura l'aria e la nebbia e l'acqua. Abitando noi dunque entro alle conche della terra, ignorantemente crediamo di abitare sopra la terra. E come accaderebbe a colui che, abitando giú nel fondo del mare, s'immaginasse d'abitare sopra il mare; e per attraverso dell'acqua vedendo il sole e gli astri, credesse il mare essere cielo; e per la lentezza e debilità sua mai non essendo pervenuto in su la pianura del mare, né trattosi mai fuori dell'onda, né dirizzata la sua faccia, non avesse visto il luogo di quassú quanto è piú nitido e bello di quello dov'egli è, né udito ciò da alcuno che veduto avesse; cosí accade a noi. Abitando noi giú in una delle conche della terra, c'immaginiamo di abitar sopra la terra; e l'aria chiamiamo cielo, da poi che ci pare che per entro a essa, come per entro al cielo, facciano loro viaggio gli astri. E questo è simigliantemente perciò che per la debilità e lentezza non siamo noi atti a trascorrere insino all'estremo dell'aria; imperocché se alcuno vi giungesse, o, messe le ali, insino lassú volasse, levando il viso vedrebbe (cosí come i pesci vedon le cose di qua, tenendosi in su l'acqua e rizzando i capi), vedrebbe le cose di là; e se la natura sua fosse convenevole a sostenere cotale visione, sí conoscerebbe che quello è il vero cielo e la vera luce e la vera terra. Imperocché questa bassa terra e le pietre e ogni luogo di quaggiú corrotti sono e mangiati: come sono le cose del mare per cagione della salsedine, dove niente nasce che degno sia di essere mentovato, e, direi, niuna cosa è perfetta, ma vi ha rupi e arene e limi profondi e fangaie ancora là dov'è terra; le quali cose per niuno modo con le bellezze di quassú meritano di essere paragonate. Ora le bellezze di lassú pare che via maggiormente differiscano da quelle di quaggiú: perché, sia pure una bella favola, degno è, o Simmia, che si oda come vadano le cose sopra questa terra che è sotto il cielo.

Simmia disse: - E noi udiremmo molto volentieri questa favola, o Socrate.

LIX.

Ed egli cosí cominciò a dire: - La prima cosa, amici, si racconta che la detta terra tale è a vedere, se alcuno di su la guardasse, quale quelle palle di cuoio fatte di dodici spicchi, cioè distinta di colori svariati, de' quali sono quasi mostramenti quelli usati dai pittori. Ed ella è tutta di cotali colori, anco piú risplendenti e puri: imperocché una parte sua è purpurea di mirabile bellezza, e un'altra è somigliante all'oro, e quella ch'è bianca, piú bianca è che gesso e neve; e cosí gli altri colori suoi, i quali sono piú svariati e piú belli di quanti mai si vedessero. E le conche di questa terra, essendo ripiene d'acqua e di aria, fanno cotali specchiamenti e lampeggiamenti, che niuno colore è che non diano a vedere, o meglio fanno un cotal colore continuato e cangiante. E bello proporzionatamente, e anche piú, è tutto ciò che nasce ivi, arbori, fiori, frutti. Sin le montagne e le pietre sono pulite, trasparenti e di colori piú belli; e non sono che lor pezzuoli e schegge le nostre pietruzze preziose, sarde, diaspri, ismeraldi, e altre simili. Ma ivi niente è che non sia fatto di gioie come queste, e financo piú belle. E la cagione si è, che quelle pietre sono schiette, non mangiate come quelle di qua, né guaste dalla putredine e dalle acque salmastre che qua colano; le quali generano bruttezza e morbi, nelle pietre e nella terra, negli animali e nelle piante. Oltre a queste bellezze, la detta terra è anco adorna d'oro, e d'argento, e cose simiglianti; le quali fanno grande splendore, perocché ve ne ha dovunque, molto in abbondanza; tal che il vederla degna visione è dei beati. E sono ivi animali di molte specie, e ancora uomini; e quali abitano fra terra, quali d'attorno all'aria come noi attorno al mare, e quali in isole accosto al continente, per mezzo alle quali scorre l'aria: perché, in somma, ciò che è a noi l'acqua e il mare, ivi è l'aria; e ciò che è a noi l'aria, ivi è l'etere. Le stagioni sono poi cosí temperate e dolci, che quegli abitatori sono tuttodí sani, schietti, vivono piú lungamente che noi; e per finezza della vista, dell'udito, dell'intendimento e delle altre facoltà, superano tanto noi altri, quanto l'aria supera per la sua purezza l'acqua, e l'etere l'aria. C'è anco tempii d'Iddii e sacrati, dove abitano gli stessi Iddii vivi; e c'è oracoli e divinazioni e celestiali visioni e altre maniere simiglianti di comunioni fra loro e gli Iddii. E ancora vedono il sole e la luna e gli astri, come sono davvero, e di altri piaceri siffatti godono.

LX.

Cosí, dunque, è l'intiera terra e ciò che vi ha dentro. E attorno alle sue conche sono molti luoghi, i quali, a comparazione del luogo dove abitiamo noi, alcuni sono piú profondi e sboccati e alcuni piú profondi e abboccati, e altri poi men profondi e piú spaziosi. E i detti luoghi sono sotto terra forati, e per piú versi; e i fori, quali piú piccoli e quali piú grandi; e c'è passaggi per dove riversasi molta acqua da uno nell'altro, come per entro a coppe; e corrono sotto terra smisurati fiumi perenni, d'acque calde e fredde; e molto fuoco, e fiumi grandi di fuoco; e molti fiumi di liquido loto, chiaro e torbo, simili a' fiumi di loto di Sicilia che vanno dinanzi alla lava, e simili alla stessa lava. I quali fiumi, ogni volta ch'ei s'abbattono a riversarsi per i detti luoghi, sí li allagano. E tutta questa sovrabbondante copia di acqua commoversi su e giú quasiché ondeggi la terra; e l'ondeggiamento da ciò procede, che una delle voragini della terra è sopra modo grandissima, e sfondata insino giú per tutta la terra; ed è quella che descrive Omero, dicendo:

Assai di lungi, là dove è sotterra profondissimo baratro;

il quale in altri luoghi chiama egli Tartaro: e cosí molti altri poeti. Imperocché tutt'i fiumi sboccano dentro a questa voragine, e poi di fuori risboccano nuovamente; e tali sono, qual'è la terra per la quale essi scorrono. E la ragione perché laggiú si inabissano e dipoi si riversan fuori, è che tutta la copia di acque non ha fondo né appoggio, e stassi sospesa e su e giú ondeggia; e, seguitandola, la rapina dell'aria fa simigliantemente. E di là e di qua traboccando essa acqua, l'aria la segue; e come il molle alito di quei che rifiatano inspira senza posa e respira, cosí l'aria insieme con quello sospeso diluvio di acque, imboccando e isboccando, fa alcuni gagliardissimi venti e terribili.

Adunque, allora che l'acqua, scoppiando, riversasi in quelli luoghi, chiamati di sotto, bocca in quelle fiumane che sono quivi, e sí le riempie, come riempion lor vasi quelli che attingono a un fonte; e quando di laggiú si svolge e qua si arrovescia, riempie le nostre fiumane novellamente. Le quali, ingrossate, si spandono per i canali e per la terra; e là per dove si sono sbarrati la via pervenendo, fanno mari e laghi e fiumi e fontane. Di dove perdendosi sotto la terra, rigirandosi alcune per molti spaziosi luoghi, e altre per pochi e ristretti, novamente nabissano dentro il Tartaro, piú in giú di là trascorrendo, di dove prima si riversarono fuori; e alcuni si riversano fuori del Tartaro dalla parte contraria di dove imboccarono dentro, e altri dalla parte medesima; e ve n'ha di quelli che rivolgendosi una o piú volte attorno alla terra, attorcendosi come biscie, quanto possono in giú scagliandosi, di nuovo risboccan fuori. E non possono i soprannominati fiumi gittarsi nel Tartaro piú in giú che a mezza l'altezza; imperocché, sia che da l'uno o da l'altro fianco rimontassero, non vincerebbero la rattezza della salita.

LXI.

Ora ci è molti grandi fiumi e diversi, quattro fra gli altri, dei quali il piú grande, che gira tutto di fuori attorno alla terra, si chiama Oceano.

Acheronte, dirimpetto a esso, scorre per lo verso contrario; il quale, passando per deserti luoghi, fora sotto la terra, e perviene alla palude Acherusia: quivi giungono le anime dei morti, dei piú; e rimangono per certo fatale tempo, quali piú e quali meno, e poi sono di nuovo rimandate su nel mondo, a rinascere in forme di animali. Il terzo fiume gittasi in mezzo di questi due; e, poco avanti ch'esso si getti giú, si dislaga per ispazioso luogo riarso per il molto fuoco, e si fa una palude piú grande che il nostro mare, d'acqua e fango bollenti; e quindi corre rigirandosi cosí torbo e fangoso intorno alla terra, e sí perviene in altri luoghi, e poi in su l'estremo della palude Acherusia, non mescolandosi le acque; e fatti molti serpeggiamenti sotto terra, pervenuto che è piú giú, gittasi nel Tartaro. Questo è quello che chiamasi Piriflegetonte: e de' rivi suoi infocati istravenando dalla terra, squarciando, fuori scoppiano. Il quarto, ch'è di contra a questo, in prima mette per attraverso luogo orrido e selvaggio, di colore, secondoché si dice, simile alla pietra cerulea; il quale fiume chiamasi Stigi, e Stigi ancora chiamasi la palude ch'esso fa colà dove sbocca. Il quale fiume in questo cotale luogo dislagandosi, e prendendo l'acqua orribile possanza, addentrandosi giú dentro alla terra e avvolgendosi attorno, corre di contra al Piriflegetonte, e con esso nella palude Acherusia si percuote, né anche mescolandosi le acque; e, rigirandosi in cerchio, dal lato contrario al Piriflegetonte si riversa nel Tartaro. Il nome di questo fiume, secondoché dicono i poeti, è Cocito.

LXII.

Essendo cosí, tostoché i morti pervengono là dove menato è ciascuno dal suo demone, la prima cosa sono giudicati e disceverati quelli che vissero bene e santamente, e quelli che no. E quelli che appare esser vissuti né bene né male, vanno alle rive d'Acheronte, e montati su barche che sono ivi per loro, navigano alla volta della palude, dove pervenendo, ivi rimangono; e purificandosi ed espiando loro peccati, se mai fatti ne avessero, sono assolti e ricevon premio delle buone opere secondoché meritano. Quelli poi che paiono insanabili per li smisurati peccati, o vuoi per i molti rubamenti di tempii, o per l'iniqui uccidimenti, o per altre cotali ribalderie, costoro un fato ben meritato caccia nel Tartaro, di dove non rivengono mai piú. Quelli poi che han commesso peccati rimediabili, avvegnaché grandi, sia che, mossi ad ira, facessero alcuna violenza contro al padre o alla madre, e poi si pentissero e cosí pentiti menassero tutto l'altro tempo di loro vita, sia che in alcun'altra simile maniera fossero ucciditori di uomini; costoro necessità è che sian buttati dentro del Tartaro. E stati laggiú un anno, l'onda fuori li ributta, gli omicidi nel Cocito, e i percotitori del padre o della madre nel Piriflegetonte; e poiché trasportati sono nella palude Acherusia, quivi gridano e chiamano quelli che essi hanno ucciso, o quelli che hanno fatto villania; e sí chiamando, li pregano e supplicano perché li lascino campare dalla rapina dei fiumi e uscir fuori nella palude, e perché li ricevano: e se li commuovono, escono fuori, e si hanno requie dei mali; se poi no, di nuovo son tirati nel Tartaro, e di là di nuovo tirati ne' fiumi; e non prima riposano da cotali patimenti, che movano a pietà quelli i quali essi ebbero offesi; imperocché questa è la pena ordinata a loro dai giudici. Quelli poi che appare essersi segnalati per la vita santa, questi sono liberati dai sotterranei luoghi; e, tratti fuori come da carcere, su pervengono in stanze molto luminose, sopra la terra, e quivi abitano. E quelli i quali furono sufficientemente mondati dalla filosofia, vivono sciolti da ogni vincolo del corpo tutto il tempo futuro, e pervengono in abitazioni ancora piú belle: le quali non è facile descrivere; e poi il tempo non basta ora. Per tanto, o Simmia, considerando ciò di che si è ragionato, bisogna che si faccia ogni cosa per essere buoni e savii nella vita; imperocché il premio è bello, e grande è la speranza.

LXIII.

Vero è che il sostenete che le cose vadano propriamente come io ho esposto, non si conviene a uomo savio; ma che o queste o alcuna cosa simile abbia a essere delle nostre anime e delle abitazioni loro, ciò, da poi ch'è chiaro l'anima essere immortale, mi par bene che si convenga; e mette conto arrischiarsi a crederlo, perché bello è il rischio; e da altra parte bisogna con queste credenze che noi quasi facciamo l'incantagione a noi medesimi, per istare tranquilli. Ecco perché è un pezzo ora che tiro in lungo questa favola. Per tanto ha da avere fidanza della sua anima l'uomo che vivendo rinunziò ai piaceri e agli ornamenti del corpo, riputandoli stranei e anzi dolori e laidezze, e pose suo diletto in apprendere; e avendo l'anima adorna, non di vezzi stranei, ma proprii suoi, cioè di sapienza e giustizia e fortezza e verità, cosí stassi ad aspettare l'ora di suo viaggio in inferno, pronto quando il fato lo chiami.

E poi disse: - Dunque tu, o Simmia, e tu, o Cebete, e voi altri, voi partirete un'altra volta, ciascuno quando è il suo dí. Quanto a me, già mi chiama ora il fato, direbbe un tragico; ed è quasi l'ora che io vada al bagno, perché mi par meglio bere il veleno dopo lavatomi, e non dare alle donne la briga di lavare un morto.

LXIV.

Posto ch'ebbe egli fine al parlare, Critone disse: - Sta' bene, Socrate: ma di', che vuoi che facciamo io o costoro per i tuoi figliuoli, o per altre tue cose, per fare il maggior tuo piacere?

Ed egli rispose: - Quello, che io dico sempre, o Critone; nulla di nuovo; dico che se voi curate di voi medesimi, anche non promettendomelo ora, qualunque cosa voi facciate, farete piacere a me e ai miei e anco a voi medesimi; per contrario, non avendovi cura e non volendo vivere seguitando quasi come vestigia le cose dette ora e in passato, se anche vi affanniate a prometter molto, non vi gioverà niente.

E Critone: - Procureremo bene di far cosí: ma in quale modo vuoi che ti seppelliamo?

Rispose: - Come piace a voi, se pure mi pigliate e io non vi scappo -. E tranquillamente ridendo e riguardando verso di noi, disse: - Io, miei cari, non sono buono di persuadere Critone che sono io questo Socrate che parla e dispone con ordine le sue parole; ma egli crede che io sia quello il quale di qui a poco vedrà morto, e però domanda come mi ha a seppellire. Dunque tutto questo lungo discorso che insino a ora ho fatto, che io, poiché avrò bevuto il veleno, non rimarrò con voi, ma partirò e anderommene in certi deliziosi luoghi di beati, mi pare che per Critone sia stata fatica gittata; come se io, parlando, avessi voluto lusingare me e voi -. E, seguitando, disse: - Or su, fatemi voi malleveria a Critone, la contraria di quella che fece egli ai giudici: egli fece malleveria che io rimaneva; e voi, che io non rimarrò, poi che sarò morto, ma che ne anderò via; acciocché Critone stia con l'animo quieto, e vedendo arso il mio corpo o sepolto, non si corrucci per me, quasi che io sopportassi cose molto terribili, e non dica, al mio mortorio, ch'egli mette in mostra Socrate, lo porta via, lo seppellisce: perché tu sai bene, o Critone, che il non parlar giusto non solo è sconvenevole cosa per sé medesima, ma danneggia anco le anime. Via, bisogna che ti faccia cuore, e non dica piú che seppellirai me, ma sibbene il mio corpo: e lo seppellirai come tu vuoi, e credi che si convenga piú secondo le leggi.

LXV.

E, detto questo, si levò per andarsi a lavare in una cella; e Critone gli tenne dietro; e noi volle che rimanessimo. E noi rimanemmo, ragionando insieme e considerando ciò che era detto, e lamentando la nostra grande sciagura;

ché ci pareva di perdere un padre, e, come orfani, avere noi a passare tutto l'altro tempo della vita. Come si fu lavato, menano a lui i figliuoli, che ne aveva due piccolini, uno poi grande; e anco le donne di casa sua entrano. E parlato ch'ebbe con le donne, e disposto tutto quello che egli desiderava, volle ch'esse e i figliuoli ne andassero, e venne dove noi eravamo: e, essendo rimasto lí un pezzo, era il sole già per calare. E venuto a noi dopo lavatosi, si sedette e parlò piú poco.

Ed ecco, entrare il ministro degli Undici; il quale, fattosi presso a lui, disse: - Socrate, io da te non m'aspetto che tu mi faccia quello che gli altri sono usati di fare, i quali vanno in collera e mi bestemmiano quando io, costringendomi i magistrati, annunzio loro di aver a bere il veleno: imperocché in questo tempo io t'ho conosciuto il piú buono e nobile e mansueto uomo di quanti mai sono qua capitati; e anche ora so bene che tu non te la piglierai con me, ma sí con loro, conoscendo tu quelli che hanno la colpa. Ora, da poi che sai quale novella ti sono venuto a recare, ti saluto; e fa di sostenere quanto puoi in pace ciò che è di necessità -. E insieme gli venne da piangere: si voltò e andò via.

E Socrate, riguardando verso di lui, disse: - Salute anco a te: cosí faremo -. E poi disse, volto verso di noi: - Che gentile persona! tutto questo tempo egli m'è venuto a trovare, e a volte ragionava con me, ed era il piú buono che mai: e al presente come mi piange di cuore. Va', Critone, obbediamogli, e alcuno porti il veleno, se è già pesto; se no, lo pesti l'uomo.

E Critone disse: - Il sole è tuttavia sui monti, non è ancora calato: e io so di altri che lo han bevuto tardi molto, dopo data loro la nuova, mangiando prima assai e bevendo; e alcuni financo si sono presi diletto di ciò di che erano vaghi; non avere dunque fretta, ché c'è ancora tempo.

E Socrate rispose: - O Critone, quelli che tu dici, hanno ragione di far cosí, imperocché credono, cosí facendo, di guadagnare; ma io ho bene ragione di fare in altro modo, perché io credo, indugiando un poco a bere, di non avere a guadagnare se non che di rendere me degno di riso ai miei occhi, desiderando pure tenere la vita, e risparmiare quando non c'è piú niente. Va' là, - disse, - ubbidisci e non volere fare altrimenti.

LXVI.

E Critone, ciò udendo, al fante che stava presso ritto in piedi, fe' cenno: e il fante uscí. E, stando buona ora, tornò, menando colui che aveva a dare il veleno, il quale portava pesto dentro a un calice. Socrate, vedendo colui, disse: - O buono uomo, tu che te ne intendi, di', che è quello che si dee fare?

Rispose: - Niente altro che, dopo che tu hai bevuto, passeggiare, insino a che tu non senta le gambe tue venire gravi: allora ti coricherai; e cosí farà suo effetto -. E cosí dicendo, porse a lui il calice; ed egli lo prese; e, sereno, o Echecrate, non tremando niente e non mutando né il colore né l'aspetto, ma, secondoché era solito, con quei taurini occhi guardando colui per la faccia, disse: - Credi tu di questa bevanda potere noi fare libagioni ad alcuno? è egli lecito, o no?

E colui rispose: - Noi, Socrate, ne pestiamo solo quanto ci pare che s'abbia a bere.

Ed egli: - Intendo; ma, se non altro, pregare gl'Iddii egli è lecito e anzi conviene, acciocché da qui a là si faccia buono passaggio: e cosí io prego; e cosí sia -. E, cotali parole dicendo, appressò il calice alla sua bocca e bevve securamente e d'un fiato.

E noi, che i piú insino allora ci eravamo fatti forza di non piangere, come lo vedemmo bere e che avea già bevuto, non potemmo piú; e a me subito dagli occhi sgorgarono forte le lacrime, e mi copersi la faccia col pallio: piangeva me, non già lui; piangeva la mia disgrazia; rimanendo io abbandonato da tale amico. Critone, anche prima di me, si leva su, non potendo tenere le lacrime. Apollodoro poi, che insino allora non aveva fatto che piangere, scoppia in urli e fa sí doloroso lamento, che niuno fu di quelli che erano ivi, al quale non si spezzasse il cuore; eccetto Socrate. Il quale cosí a noi disse: - Che fate, o maravigliosi? ma io, oltre alle altre ragioni, ne mandai le donne principalmente per questa, acciocché non avessero a dare in simili eccessi; perocché io ho sentito dire ch'egli si conviene finire con allegri augurii. Via, quetatevi e state con l'animo forte.

E noi, udendo lui, avemmo vergogna, e restammo di piangere. Ed egli passeggiava: e poi disse che sentivasi aggravare le gambe, e posesi in sul letto, supino, secondoché aveva detto colui che gli avea dato il veleno. Il quale, dopo un poco, lo toccò e guardogli i piedi e le gambe; e poi, premendo un piede fortemente, dimandollo se ne risentisse.

Ed egli: - No, - rispose.

E di nuovo gli premette le gambe, e, scorrendo in su con la mano, mostravaci com'egli già raffreddava ed intirizziva. E di nuovo lo toccò, e disse: - Quando gli prende il cuore, allora se ne anderà.

Già le parti di giú attorno al ventre erano fredde; ed ecco, scoprendosi, ché si era coperto, cotali parole disse, che furon le ultime: - Critone, dobbiamo un gallo a Esculapio: dateglielo, e non ve ne dimenticate.

- Ma sí, - disse Critone; - ma vedi se tu hai a dire alcun'altra cosa -. E stando lui cosí a domandare, egli piú non rispose. Ma, dopo un poco, si mosse; l'uomo l'ebbe scoperto: e lo sguardo gli s'impietrò. Critone, ciò vedendo, gli chiuse la bocca e gli occhi.

LXVII.

Questa fu, o Echecrate, la fine dell'amico nostro, il piú buono uomo, oh lo possiamo dire! di quanti furon conosciuti da noi in quel tempo; proprio il piú sapiente e il piú giusto.